Julia Freidank ist das Pseudonym einer vielfach veröffentlichten Autorin von Romanen und Sachbüchern. Als gebürtige Münchnerin hat sie die aufregende Geschichte ihrer Heimatstadt immer schon sehr fasziniert. Da München ohne das Brauereiwesen nicht zu denken ist, lag es nahe, irgendwann einmal über ein Münchner Brauhaus zu schreiben. Das Ergebnis ist die mehrbändige große Familiensaga «Das Brauhaus an der Isar».

Julia Freidank

DAS MÄDCHEN AUF DER WIESN

Eine Geschichte vom Oktoberfest

Rowohlt Taschenbuch Verlag

Originalausgabe
Veröffentlicht im Rowohlt Taschenbuch Verlag,
Hamburg, September 2020

Covergestaltung FAVORITBUERO, München
Coverabbildung Shutterstock, Magdalena Russocka/
Trevillion Images, Wikipedia/Thomas Ledl, SZ Photo/
Bridgeman Images, Richard Jenkins
Satz aus der Plantin, InDesign,
bei Pinkuin Satz und Datentechnik, Berlin
Druck und Bindung CPI books GmbH, Leck, Germany
ISBN 978-3-499-00501-5

Die Rowohlt Verlage haben sich zu einer nachhaltigen Buchproduktion verpflichtet. Gemeinsam mit unseren Partnern und Lieferanten setzen wir uns für eine klimaneutrale Buchproduktion ein, die den Erwerb von Klimazertifikaten zur Kompensation des CO_2-Ausstoßes einschließt.
www.klimaneutralerverlag.de

MIX
Papier aus verantwortungsvollen Quellen
FSC® C083411
FSC
www.fsc.org

DAS MÄDCHEN
AUF DER WIESN

Eins

September 1901

Antonia Bruckner stand, noch im seidenen taillierten Nachthemd, mit dem Rücken zu dem Standspiegel und band ihrem Mann das Plastron aus schwarzem Satin. Hinten in ihrem Schlafzimmer in der Gründerzeitvilla an der Isar stand das Bett, wo der zweijährige Thomas mit seinem Holzpferdchen spielte. Er war bereits nach fünf Monaten Ehe zur Welt gekommen, aber zum Glück interessierte das niemanden, sobald man einen Ring am Finger trug. Seit Antonia und Melchior Bruckner verheiratet waren, hatte sie es sich angewöhnt, ihm die Krawatte zu binden. Wo die Kragen so hochgeschlossen, die Unterhosen so lang und die Korsetts so straffgeschnürt waren, musste man jede Gelegenheit nutzen, sich berühren zu können. Heute allerdings war sie abgelenkt. Mal lächelte sie verstohlen, dann presste sie die Lippen aufeinander.

«Fertig. Das wird unser drittes gemeinsames Oktoberfest», meinte sie. Das erste Mal war so schön gewesen, dass der zweite Besuch zwangsläufig ein wenig abgefallen war. Seit Melchior die Brauerei seiner Familie übernommen hatte, war für sie beide der Arbeitsalltag auf der Wiesn eingekehrt. Aber dieses Mal hatte er versprochen, sich wieder mehr freie Zeit zu nehmen. Antonia zog den Krawattenschal fest und stellte sich auf die Zehenspitzen, um ihren Mann zu küssen.

Melchior nahm sie in die Arme, dann ächzte er: «Seejungfräulein, wenn du weiterziehst, schaffst du es doch noch, mich zu Tode zu küssen. Nicht dass es kein schöner Tod wäre.»

Sie lachte und ließ ihn los. «Wenn es den Todeskuss der Nixen tatsächlich gäbe, hättest du längst irgendetwas dagegen erfunden.»

«Zweifellos. Ich bin jetzt Geschäftsmann, und Liebhaber, die man nur einmal verwenden kann, sind unrentabel.» Er kontrollierte den Sitz des Plastrons im Spiegel, ehe er den Hemdkragen mit dem schrecklichen Namen «Vatermörder» herunterklappte und die brokatverzierte Weste aus schwarzem Atlas zuknöpfte. Es war die beste Entscheidung ihres Lebens gewesen, ihn zu heiraten, dachte Antonia, als sie ihm zusah. So ironisch er sich nach außen geben konnte, sie hatte er immer mit einem Respekt behandelt, den sie von Männern nicht gekannt hatte. Mit seinem schmalen Gesicht, den geraden Brauen und den großen eisblauen Augen, mit dem glatt zurückgekämmten hellbraunen Haar hätte keiner in ihren Augen besser ausgesehen. Schon gar nicht in dieser eng geschnittenen Weste, die seine undurchsichtige Eleganz betonte. Die meisten anderen Brauereibesitzer hielten ihn für zynisch und berechnend. Der eine oder andere hätte sogar geschworen, dass Melchior Bruckner unter seinem Zylinder ein paar Hörner und in den modischen Lackschuhen behaarte Bocksbeine versteckte – ein Ruf, den er genüsslich kultivierte.

«Schon gut, Dorian Gray», zog sie ihn auf. Vormittags würde Melchior im Königszelt seine Geschäfte machen. Aber wenn er nach dem Pferderennen gegen vier Uhr frei wäre, würden sie eine Runde mit dem Riesenrad fahren. Nachmittags war das Licht so schön, wenn die ersten Bierhallen die elektrische Beleuchtung einschalteten und sich langsam wie ein funkelnder Schleier ein Leuchten über die Festwiese legte. Dort würde sie ihm sagen, dass sie wieder ein Kind erwartete – erst dort. Bei ihrer ersten Schwangerschaft war er so aufgeregt gewesen, dass er sie am liebsten die ganze Zeit unter eine Glasglocke gestellt hätte. Für jemanden, der so begeistert die Entwicklung der neuen Technik verfolgte, war es nicht leicht gewesen, einzusehen, dass manche Dinge noch immer der Natur überlassen werden mussten.

«Es ist schön, sich einmal im Jahr außerhalb von

Zucht und Ordnung bewegen zu dürfen», meinte sie. «Nicht ständig darauf achten zu müssen, wen man wie berührt, mit wem man wann und wie reden kann.» Das Fest war eine Auszeit davon wie die Saturnalien im alten Rom – eine Zeit, in der die normalen Regeln nicht galten, in der nichts, was man tat, Folgen für die Wirklichkeit hatte. Eine verwunschene Realität, in der man Irrwege gehen, Luftschlössern nachjagen und Dummheiten machen durfte. Wenn sie verpufften, hatte sich nichts verändert.

«Ohne Frage», bestätigte Melchior mit dem vertrauten ironischen Zucken seines Mundwinkels. «Ich sehe jetzt schon die Schlägereien vor mir und all die gebrochenen Nasen und von berstenden Bierkrügen aufgeschnittenen Lippen. So wie letztes Jahr. Hinreißend romantisch.»

Antonia musste lachen, als sie sich erinnerte, wie sie damals beinahe in so eine Schlägerei hineingeraten wären. «Das war doch amüsant», meinte sie. «Vielleicht hätte ich den Burschen nicht am Kragen packen und zusammenstauchen, sondern zusehen sollen, wie du dich im Zweikampf mit Maßkrügen und Stuhlbeinen machst!»

«Unterschätz mich nicht. Ich war auch einmal fünf Jahre alt und habe mich geprügelt.» Melchior griff nach seinem Gehrock, den er achtlos über einen Stuhl geworfen hatte, und bemerkte mit seinem üblichen Sarkasmus: «Allerdings fürchte ich, du hast recht. Es fällt mir schwer, die Philosophie einer Kneipenschlägerei unter erwachsenen Männern nachzuvollziehen.»

«Schon gut, Mylord.» Antonia wollte an ihm vorbei und hätte dabei fast die Lampe von seinem Schreibtisch gerissen. Es war ein wunderschönes, ziemlich teures Art-nouveau-Stück: eine schwarzhaarige nackte Nymphe, die den Arm um einen Pfau gelegt hatte. Das Pfauenrad stabilisierte den Fuß, der Schirm hatte die Form einer Blüte – laszives Gegenstück zu einer Welt, in der Körper und Seelen von Walknochen in Schnürbrüsten zurechtgepresst wurden. Gerade noch rechtzeitig bewahrte sie das Kunstwerk vor dem Sturz. «Ich bin spät dran. Wenn ich mit dir fahren will, muss ich mich anziehen.»

Ihr dichtes dunkelbraunes Haar hatte sie schon über Nacht mit Papillotten aufgedreht und gleich nach dem Aufstehen zu einer Lockenfrisur gesteckt und ein rotes Seidenband hineingeflochten. Darüber würde der breitkrempige Strohhut mit den blassroten Kunstrosen und eine passende Schärpe aus Atlas kommen. Das Wetter war so schön, dass sie sich gegen das förmliche Damenkostüm aus schwarzem Jackett und langem Rock entschieden hatte. Das helle Sommerkleid lag schon auf das Bett gebreitet: hochgeschlossen, aber mit Seidenrüschen, angedeuteten Puffärmeln aus Spitze und verzierten Knöpfen. Unter diesen Reformkleidern musste man kein einschnürendes Korsett tragen, das einen aussehen ließ wie eine gequetschte Weißwurst: den Bauch nach innen, Brüste und Hinterteil nach außen gepresst, sodass Sitzen überhaupt nur in vorgebeugter Haltung möglich war. Bestenfalls kam ein lockeres Reformkorsett darunter, das die Taille nicht einschnürte und das Gewicht der Brust auf die Schultern statt nach unten verteilte. Antonia hatte nicht die geringste Lust, sich die Organe einzuschnüren oder gar die Rippen zu brechen für eine Wespentaille. Von Korsetts wurde man ohnmächtig, kurzatmig und krank. Außerdem klemmten sie ständig beim Ausziehen, kurz: Es war der Keuschheitsgürtel des Industriezeitalters. In diesem Kleid konnte sie Düfte tief einatmen, konnte das Flattern des Saums um ihre Knöchel fühlen, den weichen Stoff auf ihrer Haut.

Melchior schien ihre plötzliche leichte Verstimmung zu spüren, er hielt sie an der Hand zurück und küsste sie noch einmal. Da er dieses Mal dabei nicht gewürgt wurde, dauerte es etwas länger, und Antonia genoss das Prickeln, das sie dabei durchlief. Dann allerdings hörte sie das Geräusch vom Bett her.

«Tommy, nein! Meine Perlen!»

Der kleine Thomas hatte die Kette auf dem Bett

gefunden und angefangen, daran zu nagen. Dabei hatte er wohl zu fest zugebissen. Schleunigst brachte Antonia das Hochzeitsgeschenk ihres Mannes auf der Kommode in Sicherheit und nahm ihren Sohn auf den Arm. Von Geburt an hatte er alle verzaubert mit seinem dunklen Lockenköpfchen. Aber auch zauberhafte Kinder bekamen Zähne.

Lachend ließ sich Melchior in den im historischen Stil geschnitzten Sessel fallen. Antonia beruhigte den Kleinen, trocknete ihm das Gesicht mit seinem Lätzchen und setzte ihn dann in sein Bettchen neben ihrem eigenen. Sie streichelte das Köpfchen und gab ihm wieder das Pferd. Zufrieden biss er in das Holz und strahlte sie mit seinen riesengroßen Augen an. Das Kindermädchen war noch in der Kirche, aber nachher auf der Wiesn würden sie Zeit für sich haben.

«Es wird leider nichts mit dem Riesenrad», sagte Melchior auf einmal.

Überrascht blickte Antonia auf.

Es war ihm sichtlich unangenehm. Sie kannte diesen nachdenklichen Blick, wenn er eine Braue hob. «Carl von Linde hat kurzfristig noch einen Termin für mich einrichten können. Die Drahtnachricht kam gestern Abend. Es geht um die Kühlanlage, über die wir gesprochen hatten. Ich will, dass er die neueste Generation bei uns in der

Brauerei testet. Er hätte auch dich gern dabei, du hast schließlich die Kalkulation erstellt.» Langsam ging sie zu ihm hinüber, und er zog sie auf seinen Schoß. «Ich weiß, du hattest dich gefreut.»

Antonia legte die Arme um ihn. Sie hätte ihm nie gezeigt, wie enttäuscht sie war. Natürlich freute sie sich für ihn, dass er seinen Weg gefunden und damit Erfolg hatte. Aber was einmal Freiheit und Ausgelassenheit bedeutet hatte, wurde nun durch Termine und Verpflichtungen von Jahr zu Jahr stärker in geradezu preußische Disziplin gepresst. Würde ihr Leben am Ende doch von der Enge beherrscht werden, vor der sie damals hierher in die Stadt geflohen war? Die Tochter eines armen Bauern und der reiche Patrizier: Konnte das gutgehen, wenn dieses strenge Regelkorsett wieder Macht über sie bekam? Vielleicht waren Fragen wie diese der Grund, warum Märchen immer mit der Hochzeit endeten. «Warum hast du nichts gesagt? Es ist das erste Mal, dass es nicht einmal dafür reicht.»

«Es tut mir leid. Du weißt, wie wichtig es ist.» Melchior sah sie an, und der angespannte Zug um seine Lippen lockerte sich ein wenig. «Wenn du darauf bestehst, sage ich den Termin ab und treffe Linde nächste Woche in der Universität.» Aber zu gefallen schien ihm der Gedanke nicht. In den letzten drei Jahren hatte er Feuer für die Brauerei gefangen und schon erste Erfolge gehabt. Ihm dabei im Weg zu stehen war das Letzte, was Antonia wollte.

«Nein», sagte sie. «Wenn, dann muss es heute sein, sonst kommt dir ein anderer zuvor.»

Melchior wirkte erleichtert. Er zog sie an sich und küsste sie noch einmal. «Ich mache es wieder gut.»

Vielleicht sollte sie es ihm gleich sagen. Antonia gab sich einen Ruck.

«Melchior, ich …»

«Melchior! Antonia! Seid ihr fertig? Zum Herumbusseln ist keine Zeit, ihr habt Termine!»

Antonia seufzte. Allen ärztlichen Vorhersagen zum Trotz lebte ihre Schwiegermutter Franziska noch immer – vor allem, um zu beweisen, dass alle Ärzte Quacksalber waren. Und auch wenn sie bei jedem Schritt ächzte wie eine ungeölte Turbine, sie legte größten Wert auf Pünktlichkeit.

Melchior sah seine Frau fragend an, doch Antonia schüttelte den Kopf. Es würde einen besseren Moment geben als ausgerechnet dann, wenn die Schwiegermutter vor der Tür stand. «Nicht so wichtig», meinte sie und stand auf. «Verschieben wir es.»

Zwei

Als Antonia eine Stunde später an Melchiors Arm über die Theresienwiese schlenderte, suchte sie den Zauber der letzten Jahre. Es war der erste Sonntag des Festes, und die feierliche Eröffnung stand bevor. Das Wetter spielte mit, der Himmel war strahlend blau, mit einigen weißen Wolken – ein bayerisches Oktoberfest, wie es im Buche stand. Es duftete nach Hendl und heißem Zucker. Männer im Gehrock, Frauen in langen Kostümen und Kinder in hellen kurzen Kleidchen liefen über das Festgelände. Schwarze und farbige Spitzensonnenschirme wurden dem noch sommerlichen Himmel entgegengehalten. An langen Girlanden waren an den Bierhallen die Glühbirnen befestigt, die am Abend das Fest in ein zauberhaftes Licht tauchen würden. Das hatte Antonia bei ihrem ersten Besuch unglaublich fasziniert. Die erste Wiesn mit Melchior war so wunderschön gewesen, damals vor drei Jahren, als Verlobte. Wohin war das Leuchten von damals verflogen?

Ein milchiger Schleier aus Gewohnheit und dummen, alltäglichen Sorgen schien zwischen ihr und dem Fest zu hängen, unsichtbar wie feiner Nebel, aber dennoch präsent. Nachdenklich sah sie ihren Mann von der Seite an.

«Ist etwas?», fragte Melchior.

Es wäre der denkbar schlechteste Zeitpunkt, ihm ausgerechnet jetzt von ihrer Schwangerschaft zu erzählen. In weniger als fünf Minuten würde er im Königszelt sitzen, zum ersten Mal. Die anderen Brauereibesitzer würden da sein, vielleicht würde ihn nachher der Prinzregent nach seinen Plänen fragen. Er würde sich nicht konzentrieren können und womöglich Fehler machen, die er sich nicht leisten konnte.

«Nein», erwiderte sie.

«Wirklich nicht?» Melchior runzelte die Stirn. «Du schwindelst, Seejungfräulein.»

«Nichts von Belang. Lass uns später reden. Ich soll also zu dem Termin mit Linde dazukommen?»

«Auf jeden Fall. Die anderen Brauer haben auch gute Argumente, aber du bist meine Geheimwaffe. Ganz besonders in diesem Kleid. Ich werde deine Reize eiskalt zu meinem Vorteil einzusetzen wissen, verlass dich darauf.»

Trotz allem schaffte er es, sie zum Lachen zu bringen. Sollte er nur den Teufel spielen, sie kannte ihn zu gut.

Sie hatten das riesige Königszelt erreicht, ein aus

weißem Stoff mit blauen Streifen gespanntes Dach über einer aus Holz gezimmerten Bierhalle. Darum verlief die Bahn für das traditionelle Pferderennen. Seitlich schob sich ein Baldachin weit nach vorn, damit die königliche Familie das Rennen beobachten konnte, ohne das Zelt zu verlassen. Es war höher als die umliegenden Buden, sodass es weithin sichtbar als Orientierungspunkt diente, eine Burg aus Tuch über dem Jahrmarkt.

Noch war es ruhig, aber um Punkt zwei Uhr würde Kanonendonner den Einzug der königlichen Familie verkünden. Danach würde das Rennen beginnen. Schon jetzt liefen Pferde mit kleinwüchsigen Jockeys hoch oben im Sattel im Kreis und wärmten sich auf. Tiergeruch hing in der Luft, und auf der Seite zur Festwiese hin drängten sich kleine hölzerne Buden, in denen auch Bier ausgeschenkt wurde. Vor allem aber handelte es sich um Wettbüros, denn dort hingen Tafeln mit den Quoten, und risikofreudige Zuschauer drängten sich mit Geldscheinen in der Hand nach vorn. Blaue und weiße Fahnen flatterten im Wind. Zur Landwirtschaftsschau in den nächsten Tagen würde es nicht so elegant hergehen. Glanz und Natur, Hochadel und Bauern, Goldkutschen und Kuhmist auf der Straße – man konnte wirklich nicht sagen, dass es der Wiesn an Extremen fehlte. Während die einen gedankenlos Summen verspielten, von denen ein

Arbeiter seine Familie vier Wochen lang ernähren konnte, versuchten andere, um jeden Pfennig für eine Breze zu feilschen.

«Sehen wir uns zum Rennen?» Melchior zog seine Frau an sich, ohne sich um die entsetzten Blicke der alten Weiber zu kümmern, die ihnen unter schwarzen Spitzensonnenschirmen böse Blicke zuwarfen.

«Natürlich. Wann kommt Linde?»

«Um vier.»

Antonia zog die goldene Taschenuhr aus seiner Weste. «Jetzt ist es elf, das Rennen beginnt gegen halb drei. Gut.» Sie steckte ihm die Uhr wieder in die Tasche. So lange würde sie warten müssen.

«Lass die Finger von mir, sonst lasse ich dich womöglich nicht gehen», lächelte er und hielt ihre Hand auf seiner Brust fest. Und küsste sie noch einmal lange, wobei Antonia ziemlich sicher war, dass er dabei einen provozierenden Seitenblick zu der älteren Dame warf, die sie besonders missbilligend beäugt hatte. Genau sah sie es nicht, sie musste wegen des Huts den Kopf weit zurückneigen. Vermutlich waren die Krempen genau deshalb so breit, damit man niemanden auf der Straße küsste. Aber mit etwas Übung ging es dennoch.

«Bis nachher.» Melchior ließ ihre Hand aus seiner gleiten und steuerte auf das Königszelt zu. Antonia sah ihm nach. Er hatte immer viel Wert auf sein Äußeres gelegt. Das elegante Auftreten passte zu seinen aristokratischen Gesichtszügen und der kühlen, ironischen Ausstrahlung, die sie von Anfang an fasziniert hatte.

«Der wird Eana ned heiraten», bemerkte die Alte süffisant, die sie offenbar für seine Geliebte hielt.

«Natürlich nicht», erwiderte Antonia. Und ehe die Alte sich entsetzt bekreuzigen konnte, hob sie die Hand. Ihr Ehering, eine wunderschöne Art-nouveau-Arbeit aus geschwungenen Goldranken mit einem großen Brillanten, blitzte in der Sonne auf: «Weil er es längst getan hat.»

Sie begann ziellos über die Festwiese zu schlendern. In den ersten Jahren hier war ihr das alles wie ein Märchen erschienen. Hier hatte sie zum ersten Mal so viele Glühbirnen auf einmal leuchten sehen. Als armes Bauernkind in der Hallertau hatte sie davon nur träumen können, und jetzt war sie seit fast zwei Jahren die Gattin eines aufstrebenden jungen Brauereibesitzers. Eigentlich hatte sie sich so auf den heutigen Tag gefreut. Hatten die Worte der alten Frau sie vielleicht doch mehr gekränkt, als sie gedacht hatte? Weil sie auf andere nicht wirkte wie Melchiors Frau, sondern wie seine Geliebte?

Lächerlich. Melchior hatte sie geheiratet, ob es den Leuten passte oder nicht. Die lockere Kleidung hatte ihr der Arzt sogar zur Vorbeugung gegen die Hysterie empfohlen. Und selbst im Reformkorsett hatte sie noch mehr Taille als der Weißwurstfriedhof vorhin. Dennoch schien ihr Melchior auf einmal fern, als hätten die Worte der Alten eine sonderbare Macht gehabt. Als würde sie ewig das Bauernmädchen bleiben, das in die adrett geschnürte Welt des reichen Bürgertums eingedrungen war. An einen Platz, der ihr nicht gebührte.

Antonia passierte ein paar Breznverkäuferinnen, die mit ihren riesigen Körben seitlich am Weg standen, Buden mit Fähnchen und duftenden Hendln und einen Stand, wo Männer mit einem Hammer auf eine Scheibe schlugen und der stärkste Schlag mit einem Preis belohnt wurde. Die jungen Burschen mit ihren abgewetzten Hosen und Mützen drängten sich und krempelten die Ärmel hoch. Wenn ein Schlag den Bolzen ganz nach oben bis zu der Glocke trieb, johlten sie genauso, wie wenn einer nur einen halben Meter schaffte.

Sie versuchte sich zu zerstreuen. Das Wachsfigurenkabinett von Carl Gabriel kannte sie bereits. Eine Scheune voller lebensecht nachgebildeter Gestalten, starr und steif in ihren Uniformen und Galakleidern: der alte Bismarck, der verstorbene König Ludwig II., die österreichische Kaiserin Sisi, die vor ein paar Jahren ermordet worden war, und natürlich der Kaiser, der Prinzregent und viele andere. Etwas gelangweilt lief sie durch die soldatisch starren Reihen.

Danach versuchte sie es im *Menagerie Circus* des Dompteurs Charles. Carl Krone, der Inhaber, bot immerhin ein angeblich fast hundert Jahre altes Krokodil als Attraktion und einen Löwen, der auf einem Pferd reiten sollte. Aber bis zu dieser Vorführung hätte sie eine halbe Stunde warten müssen, und irgendwie bedrückten sie die gefangenen Wildtiere, selbst das Krokodil.

Erleichtert trat sie wieder ans Tageslicht und schlenderte weiter zu den Bierhallen. Die ausgesägten Fassaden erinnerten an echte Wirtshäuser und waren mit großen Lettern beschildert. Hier lockten Bier und Schweinsbraten, aber Antonia hatte spät gefrühstückt und noch keinen Hunger. Ein Brauereiwagen hatte vor einem der Stände angehalten, und die Mannschaft verschwand an den Tischen. Es war ein einfacher Kastenwagen, aber so wie alle hier geschmückt mit Blumengirlanden und dem bunt bemalten Wappen der Brauerei. Auf der Ladefläche waren die schweren Fässer zu einer Pyramide aufgetürmt. Vermutlich war es das Wappen, das Antonia auffiel. Es gehörte der Brauerei Hopf – ihrem Rivalen.

Alois Hopf schien nicht gerade gut dazustehen, zumindest wenn man die Pferde vor seinem Vierspänner betrachtete. Es waren schwere Arbeitstiere, vermutlich Noriker, wie viele Brauereipferde, mit weiß-blau karierten Fliegenhauben über Ohren und Stirn. Das eine der beiden vorderen war ein ruhiger, ergebener Rappe. Aber das andere war so abgemagert, dass die Rippen hervortraten. Der Kopf mit der dünnen Blesse hing schwer herab, und die Augen starrten teilnahmslos vor sich hin. Das braune Fell, über das eine hellere, fast weiße Mähne fiel, war struppig und stumpf, wie aus Draht. Die Ohren hingen schlaff wie Blütenblätter, die zu welken begannen. Immer wieder erschütterte ein hohler Husten den ganzen Körper.

Antonia hatte noch nie gut andere Lebewesen leiden sehen können, und seit Thomas auf der Welt war, noch viel weniger. Sie fühlte die Traurigkeit und Verlorenheit des kranken Tiers, ausgeliefert an einen mitleidlosen Herrn, gespannt in Riemen und starres Eichenholz. Es tat weh, es anzusehen, und gleichzeitig konnte sie den Blick nicht abwenden.

So kam es, dass sie das Mädchen bemerkte.

Sie war vielleicht zehn Jahre alt, ein Bauernkind oder das eines Arbeiters, in einem schlichten, aber sauberen Tageskleid aus Leinen. Vermutlich war es das beste, das sie besaß. Das hellbraune Haar war nur locker am Oberkopf aus dem Gesicht gebunden, die Wangen kindlich rund, die Brauen gerade. Nichts an diesem Kind war künstlich aufgeputzt, und das berührte Antonia umso mehr. Vielleicht war es die Entschlossenheit in dem Gesichtchen, eine Entschlossenheit, für die es viel zu jung war.

Unwillkürlich legte Antonia die Hand auf ihren Bauch. Wenn es ein Mädchen würde, könnte es eines Tages so aussehen?

Das Kind war an das kranke Pferd herangetreten, flüsterte etwas und berührte den Hals des Tieres. Der teilnahmslose Ausdruck verschwand, als das Pferd die Stimme hörte. Die Ohren zuckten wie ungläubig und stellten sich aufrecht wie zwei Lilienblätter. Es hob den Kopf zu dem Mädchen und schnaubte leise.

Das Kind sah sich um, und schnell blickte Antonia zur Seite. Als sie wieder hinsah, war das Mädchen über die Deichsel geklettert und fingerte am Geschirr des Pferdes herum. Es löste das Zaumzeug und ließ es lose herabhängen. Dann lockerte es mit geübten Handgriffen das Kumt. Als die Riemen über den Rücken glitten, sah Antonia die Druckstellen darunter. Manche waren entzündet – offenbar passte das Geschirr nicht. Das Fell war abgescheuert, und der gebeugte Rücken mit blutigen, teils eitrigen Stellen übersät. Das harte Lederzeug musste furchtbar schmerzhaft gewesen sein. Das Pferd schien aufzuatmen, als die Last von ihm genommen wurde. Der ganze Körper richtete sich auf, der Rücken hing nicht mehr ganz so durch, der Kopf war nicht mehr so schwer. Leise schnoberten die Nüstern über das Kleid des Kindes.

Spätestens jetzt entschied sich Antonia, so zu tun,

als würde sie nichts bemerken. Sie studierte eingehend den Preis für ein halbes Hendl auf einer Tafel an der Bude gegenüber. Der Inhaber beäugte sie misstrauisch – für jemanden, der nicht lesen konnte, war sie zu gut gekleidet, und vermutlich war das der einzige Grund, warum er nicht versuchte, sie zu verscheuchen.

Die meisten Leute achteten nicht auf den Brauereiwagen, fast überall standen ähnliche herum. Immer wieder liefen Kinder zu den Pferden, um sie zu streicheln. Viel interessanter waren für die Menschen die Gerüche aus der nahen Ochsenbraterei oder vom Kücherlbäcker gegenüber, der frische Auszogne in Zucker wälzte. Das süße runde Schmalzgebäck, das in der Mitte hauchdünn und knusprig war und außen weich und fettig, zog eine ganze Schlange von Menschen an.

Antonia wagte einen Blick hinüber zu dem Pferd – nur kurz, um keine Aufmerksamkeit auf das ungleiche Paar zu lenken. Das Mädchen hatte einen Strick um den Hals des Tieres gelegt, sah sich noch einmal um – und führte es davon.

Drei

Der Budenbesitzer öffnete gerade den Mund, um etwas zu sagen, da wandte Antonia sich ab und folgte dem Mädchen.

Du bist verrückt, sagte sie sich. Du hättest sofort die Gendarmerie rufen müssen. Pferdediebstahl! Das ist ein schweres Verbrechen. Wenn du nichts tust, machst du dich mitschuldig. Sie wusste selbst nicht, warum sie es nicht tat. Vielleicht, weil sie Hopf nicht mochte oder ihr das Pferd leidtat? Weil Pferdediebe nur verkommene, nach Fusel stinkende Landstreicher waren, und nicht niedliche kleine Mädchen im Sonntagskleid?

Das Kind führte das Pferd hinter der nächsten Bude vorbei und auf eine Gasse in Richtung Süden, ohne aufzufallen. Die Leute, die sie bemerkten, hielten sie vermutlich für die Tochter eines Brauknechts, die aushalf. Ohnehin lockten ringsum die unzähligen fliegenden Händler an jeder Ecke, die Bratereien und Kaffeehäuser, deren Duft bis zu ihnen herüberwehte. In einiger Entfernung war sogar über den Dächern der Buden das Riesenrad zu erkennen, das immer wieder die Blicke auf sich zog. Irgendwo an einem der Dultstände klapperten Töpfe und Pfannen, und eine Marktfrau pries immer wieder die «beste Eisenware» an. Gerade war sie sich mit ihrer Nachbarin in die Haare geraten, die fast dasselbe Angebot hatte, und die schrillen Stimmen gellten ihnen nach:

«Du gwamperte Grattlerin, des gfallt dir, die Leut mit deine Schlawinereien verarschen! ‹Beste Eisenware›, ja mir gangst, du schiache Blunzen, deine Töpf fliegen ja scho auseinander, wenn'st es bloß oschaugst!»

Die Kontrahentin, nicht faul, hob eine ihrer Pfannen drohend in die Höhe und konterte: «Ja, du rinnaugerts Odelfass, kumm her, wannst dich traust, i zeig dir scho, was für a Qualität meine Eisenwaren haben, wann i's dir auf dei damische Ruam hau!»

Antonia rückte ihren Hut zurecht und holte etwas auf, um die schimpfenden Stimmen hinter sich zu lassen und das Mädchen anzusprechen.

«Ich kann Hopf auch nicht leiden», meinte sie. «Aber ich habe noch nie eines seiner Pferde gestohlen.»

Das Kind fuhr zusammen. Es warf die Arme um den Hals des Tiers und sagte: «Das ist mein Pferd.»

Jetzt konnte sie beide genauer betrachten. Die Druckstellen, wo das Geschirr das Fell aufgescheuert hatte, die erschlafften Muskeln am Hals, der eingesunkene Rücken, die hervorstehenden Rippen, die sich mühsam hoben. Die Ohren wirkten jetzt, ohne den Fliegenschutz, geradezu durchscheinend. Die Wangen des Mädchens waren noch pausbäckig, doch in den braunen Augen lag eine Traurigkeit, die kein Kind in diesem Alter überhaupt kennen sollte.

«Und warum war es vor Hopfs Wagen gespannt?», fragte Antonia. Diebstahl!, rief die Stimme in ihrem Kopf. Du musst die Polizei rufen. Aber die Kleine sah so verzweifelt aus, dass sie es nicht fertigbrachte. Unschlüssig strich Antonia mit dem Spitzenhandschuh die Rüschen an ihrem Kleid glatt, die der leichte Wind nach oben geweht hatte. Sie richtete das rote Band in ihrem Haar und rückte den voluminösen Hut zurecht. «Komm!», sagte sie dann.

Das Mädchen zögerte, scheute sich sichtlich, der eleganten fremden Frau zu folgen. Sie biss sich auf die Unterlippe und schielte auf ihre Füße, die in Schnürstiefelchen steckten. Es war ihr anzusehen, dass sie sich fragte, ob die fremde Dame ihr helfen oder sie noch mehr in Schwierigkeiten bringen würde.

Antonia lächelte. «Nun komm schon! Jetzt erzählst du mir erst einmal alles. Vielleicht gibt es ja eine Lösung.»

Ein paar Gassen weiter gab es einen Trog für

die Brauereipferde: ein sargförmiger Holzbehälter, in den aus einem Blechkanister Wasser eingelassen werden konnte, so wie man es überall auf Kuhweiden sah. Er war gerade frei. Antonia öffnete den Hahn, und das Wasser sprudelte hinein, setzte sich zuerst dampfend auf den von der Sonne gewärmten Seiten fest und füllte dann den leicht nach Moos riechenden Trog. Nicht gerade wie in der königlichen Reitschule, aber das Pferd sah nicht so aus, als wäre es je in seinem Leben aus Marmorbecken getränkt worden. Gierig strebte es zum Wasser. Wieder hatte es die Ohren leicht nach hinten gelegt, was sie durchscheinend wirken ließ wie Blütenblätter, vielleicht von Wildrosen. Antonia setzte sich auf den Beckenrand, ohne einen Gedanken daran zu verschwenden, dass ihr das helle Kleid diese Misshandlung vermutlich übelnehmen würde, und klopfte mit der flachen Hand neben sich auf das Holz. «Ich bin Antonia Bruckner. Und wer bist du?»

Zögernd setzte sich das Kind. «Mina», sagte sie. «Eigentlich Wilhelmine. Alle sagen Mina.»

«Dann erzähl mal, Mina. Warum stiehlst du das Pferd?»

Mina blickte zu dem Tier, das dankbar trank und ein wenig lebendiger wirkte. «Das ist die Bella. Sie hat immer zu unserem Hof gehört. Aber der Vater hat Geld gebraucht, da hat er sie verkauft, an den

Hopf. Ich wollte nachschauen, wie es ihr geht, aber schauen Sie sie sich an! Sie ist krank, weil sie in einem viel zu zugigen Stall steht, wo sie sich nicht bewegen kann. Sie braucht doch ihren warmen Getreidebrei, sonst wird sie nicht mehr gesund.»

Wie zur Bestätigung hustete die Stute. Mina fuhr zusammen, hielt aber die Tränen tapfer zurück. Nur ihr bleiches Gesicht verriet, wie große Sorgen sie sich machte. «Als ich ganz klein war, hat Bella mich schon reiten lassen», sagte sie. «Immer nach der Schule hat sie mich begrüßt, wenn ich nach Hause kam. Unterwegs habe ich immer Äpfel für sie gesammelt. Die kleinen, verhagelten, die man nur noch zum Saftpressen nimmt, die mag sie besonders.»

Antonia legte die Hand auf das warme Fell, und ein Zucken lief über die Haut des großen Tieres. Sie ließ ihre Hand liegen, ein feiner Spitzenhandschuh, der einen weichen, hellen Arm und gepflegte Finger bedeckte, auf dem stumpfen Haar der Flanke. Als Kind hatte sie selbst auf einem Bauernhof gelebt. Sie wusste, wie es war, ein Tier ins Herz zu schließen und dann zusehen zu müssen, wenn es wie eine Sache behandelt wurde. Verkauft, ausgenutzt, getötet. Für viele waren Tiere nicht mehr als nützliche, seelenlose Apparate. Aber man musste einem Tier nur in die Augen sehen, um zu wissen, dass das falsch war. Sie fühlten den Schmerz, wenn ihnen ihre Jungen entrissen wurden, wenn sie misshandelt wurden und wehrlos ausgeliefert waren. Sie verweigerten aus reinem Kummer die Nahrung oder rannten aus überschäumender Freude minutenlang auf und ab. Sie liebten und hassten Dinge, sie vertrauten Menschen oder mieden sie ohne erkennbaren Grund. Bella ließ die Berührung zu, und das Zucken ließ nach. Die Stute wandte sogar kurz den Kopf zu der fremden Frau, sah sie aus ernsten, dunklen Augen an und schnaubte leise, ehe sie ihn wieder zum Wasser senkte. Wenn Antonia vorgehabt hatte, sich noch aus der Affäre zu ziehen, war es jetzt dafür zu spät. Ihr Herz flog Bella zu.

«Und zurückkaufen konntet ihr sie nicht?»

Mina schüttelte den Kopf und presste die Lippen aufeinander, wie um jetzt doch die Tränen zurückzuhalten.

Kein Wunder. Die meisten Bauern waren arm, und es reichte kaum zum Leben. Das wusste Antonia aus ihrer eigenen Kindheit gut. Dennoch war es Diebstahl. Es war ein lebendes, fühlendes Wesen, aber das Gesetz interessierte nur, wem es von Rechts wegen gehörte. Wie immer man es drehte und wendete, es blieb Diebstahl.

Antonia blickte zu dem Pferd, dann wieder zu dem Mädchen. Minas Gesichtchen war so verzweifelt, und die leise Hoffnung, die jetzt in ihren Augen lag, war vielleicht der Strohhalm, an den sie sich klammerte. Was, wenn Antonia das Pferd einfach kaufte? In diesem Zustand war es nicht viel wert. Verheiratete Frauen hatten zwar kein Recht auf eigenes Vermögen, aber Melchior ließ ihr in allem freie Hand. Er hatte von Anfang an gesagt, dass die Frau, der er das Kontor der Brauerei anvertraut hatte, wohl auch mit seinem privaten Vermögen würde umgehen können. Andererseits waren Melchior und Antonia Bruckner wohl die letzten Menschen auf dieser Welt, denen Alois Hopf irgendetwas verkauft hätte. Und es widerstrebte ihr, den alten Hefeknödel auch noch dafür zu bezahlen, dass er seine Tiere misshandelte.

«Wo wolltest du denn mit ihr hin?», fragte sie nachdenklich.

«Nach Hause. Ich erzähl dem Vater schon irgendwas, das er glaubt.»

Antonia lächelte verstohlen. Das hätte sie in der Lage nicht anders gemacht. Der Gedanke, was für einen Höllentanz Hopf aufführen würde, wenn das Pferd weg war, amüsierte sie. Auf großen Volksfesten trieben sich immer Gauner herum, er würde nie auf die Idee kommen, wer dahintersteckte. Das arme Tier wäre in Sicherheit, und Hopf würde wüster schäumen als seine Maischebottiche, weil er einen Knecht nach einem Ersatzpferd bis hinüber nach Giesing würde schicken müssen. Verdient hätte dieser Schinder es redlich. «Und wo ist das?»

«Bei Wolfratshausen.»

Mit einem guten Pferd war das nicht weit. Selbst so eine Mähre würde die Strecke bis zum Abend schaffen. Antonia schätzte, dass noch nicht viel Zeit vergangen war, seit sie Melchior beim Königszelt zurückgelassen hatte. Wenn sie die beiden bis zum Ausgang begleitete, würde niemand Fragen stellen. Elegante Damen, die aussahen wie aus der Nymphenburger Schönheitengalerie, stahlen keine Brauereiklepper. Sie konnte Mina helfen, das Pferd zur Straße nach Starnberg zu bringen, und würde rechtzeitig zum Rennen wieder bei ihm sein. Und besser als allein über die Festwiese zu laufen und sich zu fragen, ob sie ein verwöhntes Frauenzimmer geworden war, das den Zauber nicht mehr sah, war es allemal.

«Hm», meinte Antonia und lächelte unter ihrem Hut, sodass niemand sah, dass sich auch ein ganz klein wenig Schadenfreude hineinmischte. «Ich könnte dir zeigen, wie du am schnellsten hier wegkommst.» Sie bemerkte, wie die Nasenflügel der Kleinen zitterten, als der Wind den Duft von einem der Hendlstände herüberwehte. «Hast du Hunger?»

Mina nickte so eifrig, dass Antonia wieder lächeln musste. Sie konnte sich noch gut an die Zeiten erinnern, in denen sie sich nur selten Fleisch hatte leisten können. «Also gut. Dann lauf nicht weg.»

Sie holte ein Viertel Hendl und eine Brezn. Vorsichtig, um sich nicht zu beschmutzen, hielt sie es ein Stück von sich weg. Sie wollte nicht danach riechen, wenn sie später Melchior traf. Brathendlküsse wären wenig romantisch. Als sie damit zurückkam, strahlte die Kleine. Während sie eifrig danach griff und sich vollstopfte, als hätte sie zuletzt vor Tagen überhaupt etwas zu essen bekommen, überlegte Antonia, wie sie am schnellsten unbeobachtet von der Festwiese wegkamen.

Das Königszelt mit der darum herumlaufenden Rennbahn bildete das Zentrum der Wiesn, die Polizeiwache befand sich direkt gegenüber. Viele Buden gruppierten sich kreisförmig dahinter, und außerhalb des Kreises lagen die Trinkhallen und Aborte. Hopf war auf dem Weg zu den Trinkhallen gewesen, aber sobald er den Verlust bemerkte, würde er zur Polizeiwache gehen. Der schnellste Weg nach draußen wäre der südöstliche Ausgang. Doch den würden auch seine Knechte nehmen, falls er jemanden wegen eines Ersatzpferdes nach Giesing schickte. Am sichersten wäre einer der südwestlichen Ausgänge, allerdings müssten sie da am Königszelt mit der Wache und danach noch an der Ruhmeshalle und der Bavaria vorbei. Also blieb nur der im Osten. Von dort konnte Mina schnell eine der südlichen Ausfallstraßen erreichen.

«Also gut», sagte Antonia. «Dann iss auf und komm.»

Vier

Von irgendwoher wehte ein leichter Kaffeeduft. Antonia bekam Lust auf eine Tasse, aber sie beschloss, das auf später zu verschieben. Hier im Kreis außerhalb der Buden lagen die Bier- und Weinwirtschaften. Die meisten Leute waren noch beim Mittagessen. Wenn sie die Augen offenhielt, konnte eigentlich nicht viel schiefgehen. Noch immer kam ihr die ganze Sache wie ein verrückter Traum vor. Aber dann sah sie wieder die hervortretenden Rippen unter Bellas stumpfem Fell, und die Art, wie sie immer wieder an Mina schnupperte und ihre Ohren entspannte, und alle Zweifel verflogen.

Mina stopfte den Rest Hendl in den Mund. Sie wollte sich die Hände schon am Kleidchen abwischen, aber Antonia reichte ihr ein Taschentuch. Scheu nahm das Kind das teure Musselingewebe entgegen, das mit dem aus roter Seide gestickten Monogramm AB verziert war.

«Nur zu», ermutigte Antonia sie. Mina wischte die fettigen Hände ab und tupfte sich vorsichtig auch den Mund. Antonia half ihr, und auf einmal musste sie lächeln. Bei ihrem ersten Wiesnbesuch, als armes Bauernmädchen, hatte sie kein Geld für ein Brathendl gehabt. Sie war zum Arbeiten hier gewesen. Es war ein Freund von Melchior gewesen, der sie später zum Feiern mitgenommen hatte: Albert Einstein, der jetzt in der Schweiz als Hauslehrer arbeitete und seit einiger Zeit ein skandalöses Verhältnis pflegte. Dass dies so war, schob er auf seinen Vater, der mit Zähnen und Klauen eine Heirat mit seiner Mileva verhindern wolle. Kürzlich hatte Albert geschrieben, Mileva sei schwanger, was seinem Alten Herrn nur recht geschehe: Wenn er keine ehelichen Enkel wolle, bekäme er eben uneheliche. Antonia erinnerte sich, wie sie Albert als Anstandsdame zu einem Rendezvous hierher begleitet hatte. Sie hatten getanzt, waren in der Hexenschaukel gefahren, und sie hatten mit den Händen fetttriefende Hühnerstücke und Fisch gegessen, die Albert spendiert hatte. Sie hatte damals nur das eine gute Kleid gehabt und sich gesorgt, dass es schmutzig würde. Der Duft, der ihr inzwischen so vertraut und manchmal schon lästig geworden war, ließ auf einmal Erinnerungen aufkommen. Auf dem Dorf zu Hause hatte es Huhn nur an Festtagen gegeben, und auch da selten genug. Der charakteristische aromatische Geschmack, ganz leicht buttrig und mit einem feinen

Aroma von Kräutern, Petersilie und Paprika, die sie damals noch gar nicht gekannt hatte. Die fettige Kruste, an manchen Stellen seidenweich und saftig, außen knusprig wie Karamell oder wie die erste dünne Eisschicht, die im Winter Seen und Flussränder überzog, kristallklar und funkelnd. Das Fett an Fingern und in den Mundwinkeln. Sie erinnerte sich sogar noch an das Taschentuch, das Albert ihr gegeben hatte: ein feines Musselintaschentuch wie das, das sie gerade Mina gereicht hatte.

Im Jahr darauf war ihr der Geruch in ihren Kleidern egal gewesen – ihr erster Wiesnbesuch an der Seite von Melchior, als seine Verlobte. Die unbeliebte Rolle des Anstandswauwaus hatte dabei wohl oder übel Sir William Shelton innegehabt: Melchiors Investor aus London, der jedes Jahr zum zweiten Wiesnwochenende anreiste. Sie erinnerte sich, wie Melchior sie heimlich hinter Sheltons Rücken auf die verschmierten Lippen geküsst hatte. Er war abgerutscht und hatte eine glänzende Spur bis zu ihrem Kinn hinterlassen, die sie beide zum Lachen gebracht hatte. Der Kuss hatte nach Butter und Hühnerfett geschmeckt, aber trotzdem war er wunderschön gewesen.

«Ist was?» Mina blickte zu ihr auf.

Antonia lächelte verstohlen. «Nein, gar nicht. Bist du fertig?»

Die Kleine putzte sich das Gesicht ab und strahlte sie an.

Sie erhoben sich und liefen in Richtung des großen Osttors zwischen den gezimmerten Bierhallen hindurch. Die Paulskirche war weitgehend fertig, nur der Turm war noch immer nicht vollendet und ragte als halbfertiger, von einem Gerüst gerahmter Torso nach oben. An einfachen Dultständen hier und da wurden Dinge für den täglichen Bedarf verkauft: Kittelschürzen, Töpfe, Bürsten und Schaffelle. Aber jedes Jahr waren mehr Fahrgeschäfte zu sehen: Antonia hatte schon vorhin zwei Karussells entdeckt, das Riesenrad und die Hexenschaukel. Von Jahr zu Jahr waren mehr Bierhallen elektrisch beleuchtet. Die Kabel waren inzwischen überall, schwarze Girlanden, die erst am Abend ihre magische Kraft entfalten würden, wenn die qualmbeschwerte Schwüle des Tages langsam wich.

Bella trottete stumm und sichtlich erleichtert hinter ihnen her und verbreitete den Geruch der Pferde, der für Antonia so sehr zu diesem Fest gehörte. Ein paar Kinder kamen ihnen entgegengerannt und streichelten im Vorbeigehen über das stumpfe Fell. Als sie damals nach Hause gefahren waren, hatte der Pferdegeruch noch in der Kutsche gehangen. Ein warmer, intensiver Geruch, nicht der starke, vom Schweiß getriebene an der Rennbahn, sondern der Duft gemächlicher Bewegung, nach nickenden Köpfen und gleichmäßig aufschlagenden Hufen. Aber vielleicht hatte sie damals einfach alles stärker wahrgenommen. Das gleichmäßige Rattern, die Erschütterungen, die durch den ganzen Körper liefen, wenn sie über eine unebene Stelle fuhren. Außer Atem vom Tanzen waren sie gewesen, erhitzt und glücklich. In der dunklen Kutsche und dank der Tatsache, dass Shelton zu viel getrunken hatte und selig entschlummert war, war Raum gewesen für heimliche Küsse. Sie spürte noch das harte Polster, roch den Geruch der ledernen Sitze. Ihre Lippen hatten nach Brathuhn und Bier geschmeckt, aber darum hatte sich keiner von ihnen gekümmert.

Antonia räusperte sich. «Da hinüber», sagte sie zu Mina.

Die Kleine verdrehte den Kopf nach den fliegenden Händlern, die überall mit ihren Körben standen und ihre Waren feilboten. Brezen, Obst und Gemüse, aber auch geschnitztes Spielzeug, Westen und Jacken aus Lammfell, Schmuck aus Holzperlen – Mina blieb der Mund offenstehen.

Auch Antonia blickte sich immer wieder um. Viele Leute hier kannten sie, und je weniger davon sie mit einem fremden Kind und einem gestohlenen Pferd sahen, desto besser. Die Schwabinger Künstler bereiteten ihr wenig Kopfzerbrechen: Die würden in den Trinkhallen sitzen. Weit mehr Sorgen machten ihr die Giesinger Bekannten. Dass sie einem von ihnen hier am Ostausgang in die Arme liefen, war am wahrscheinlichsten. Da war Wachtmeister Thalhammer, ein ungemein ordnungsliebender Mann. Und natürlich die Brauer aus der Nachbarschaft, allesamt ehrbare Bürger, die zwar, wenn niemand hinsah, ihre nicht immer ganz lupenreinen Geschäfte trieben, nach außen aber das Korsett der Moral streng schnürten.

Mina schielte nach einer Wurstbude, und Antonia folgte ihrem Blick. Über einem Kohlenfeuer brieten fettprasselnd Würste, und der scharfe Geruch des Feuers wehte bis zu ihnen herüber. Davor tauschten sich ein paar vielleicht sechzehnjährige Gymnasiasten mit vollen Backen über den Griechisch-Unterricht aus.

«Die reden so gescheit», meinte Mina beeindruckt. «Bei uns reden die Burschen bloß über Mädchen.»

Antonia lachte. «Das tun die auch, aber vermutlich steht die erste Prüfung an. Mein Schwager ist nicht viel älter, und ich kann dir sagen, dass er unglaublich schnell von Homer zu Mädchen wechseln kann.»

«Was ist Homer?»

Das lernte man natürlich nicht in der Dorfschule. Antonia selbst hatte nur bis zur Firmung zur Schule gehen dürfen, danach hatten die Eltern erwartet, dass sie im Haus und auf dem Hof half. Es war

Melchior gewesen, der sie später ermutigt hatte, sich den Traum von der höheren Schule zu erfüllen und mehr aus sich zu machen. Trotz der schnellen Schwangerschaft hatte sie alles darangesetzt, die Ausbildung abzuschließen. Seine Mutter hatte zwar oft gebrummt, das sei alles Zeitverschwendung. Doch nun, da Antonia fertig war, hörte man sie hin und wieder tönen, ihre Schwiegertochter sei eine gebildete junge Frau und könne allemal mit den dummen Gänsen mithalten, mit denen die anderen Brauereibesitzer verheiratet waren.

«Homer war ein Dichter im alten Griechenland. Er hat zwei berühmte Gedichte geschrieben, die *Ilias* und die *Odyssee*. Die Griechen greifen die Stadt Troja an, weil deren Prinz Paris die Griechin Helena entführt hat. Einer der Griechen, Odysseus, gerät später auf dem Weg nach Hause in einen Sturm und irrt jahrelang über die Meere. Dabei trifft er phantastische Wesen, Ungeheuer und Götter und besucht sogar kurz das Reich der Toten, bis er endlich nach Hause zu seiner Frau und seinem Sohn kommt. Odysseus hat übrigens auch ein Haustier: seinen Hund Argos. Der ist der Erste, der ihn nach zwanzig Jahren wiedererkennt.»

«Der Hund ist zwanzig Jahre alt geworden?», fragte Mina überrascht.

Antonia lächelte. «Vielleicht haben sie ihn gut gepflegt.»

Mina sah zu Bella, die ruhig neben ihr wartete und sogar das eine Hinterbein leicht entlastete. Nur mit dem Schweif vertrieb sie immer wieder den beängstigenden Feuergeruch. Nervös peitschte der drahtige Wedel hin und her. Antonia strich ihr über den Kopf. Sie konnte nicht garantieren, dass Bella ein biblisches Alter erreichen würde, aber älter als in Hopfs Diensten würde sie werden.

Mina beäugte die Gymnasiasten in ihren Anzügen und sportlichen Schiebermützen ehrfürchtig. Einer der Jungen bemerkte es. Er flüsterte seinem Nachbarn etwas zu, und der verschluckte sich fast an seiner Wurstsemmel vor Lachen.

«Und schon ist Homer vergessen, und sie reden über Mädchen, genau wie die bei dir zu Hause», meinte Antonia lächelnd. Sie richtete ihren Hut, sodass man den Ring an ihrem Finger blitzen sah, und flötete in schönstem Dialekt: «Junge Herren, war' der Odysseus so a Gloife gewesen wie Sie, na' hätt' ihn sei' Frau mit dem Nudelwalker begrüßt und gleich wieder untern Tisch owe g'jagt!»

Den Burschen blieben die Würste im Hals stecken. Einer wurde puterrot und bekam einen Hustenanfall, sodass ihm sein Kumpan auf den Rücken klopfen musste.

Mina kicherte, und Antonia legte den Arm um sie. «Na komm, wir sollten uns beeilen.» Es musste schon halb zwei sein, und sie hatte Melchior versprochen, pünktlich zu sein. Die letzten Bierhallen hatten sie bereits hinter sich gelassen und steuerten dem Ausgang zu. Hier waren weniger Leute unterwegs. Ein Stück weiter, wo sich der Bretterzaun zur Straße hin öffnete, standen ein paar Frauen zusammen und tauschten Tratsch aus. Eine davon, eine stämmige Person in Antonias Alter, mit streng gewundenem Dutt und hochgeschlossenem, eng geschnürten Kleid, kam ihr bekannt vor. Gerade wandte sie den Kopf, und Antonia konnte das Gesicht erkennen: Es erinnerte an das ihres Vaters.

Felicitas Hopf.

Antonia drückte sich hinter Bellas breiten Rücken, sodass nur noch ihr breitkrempiger blumengeschmückter Hut hervorlugte. Mina blickte sich um und bückte sich unter Bellas Hals hindurch.

«Was ist los?»

Antonia zog sie vorsichtig in den Schatten hinter der letzten Bude, über der in schwarzen Lettern «Steckerlfisch» stand. In einer länglichen Vertiefung wurde über einem Kohlenfeuer Fisch gebraten, Saiblinge und Renken an langen Stecken. Der Qualm biss zwar stechend in den Lungen, verbarg sie jedoch ein wenig. «Siehst du die Frau dort drüben? Das ist Hopfs Tochter», sagte sie.

Erschrocken schaute Mina in die Richtung, wo Felicitas mit einer älteren Dame angelegentlich plauderte. «Sie meinen, sie könnte Bella erkennen?»

Antonia zuckte die Schultern.

Mina biss sich auf die Lippen. «Und wenn Sie die Bella nehmen?»

«Bloß nicht! Felicitas hasst mich wie die Pest.»

«Warum?»

Antonia seufzte und riskierte noch einen Blick über den Rücken der Stute. «Weil mein Mann ursprünglich mit ihr verlobt war.»

«Sie haben ihn ihr ausgespannt?» Mina blickte von ihr zu der kräftig gebauten Brauerstochter, die ihren Waschfrauencharme bis hierher versprühte. Es war nicht zu übersehen, dass sie die beiden in Gedanken verglich und sich fragte, ob die bildhübsche Antonia, die ganz genau wusste, was sie kleidete, vielleicht einer vom Glück weniger Begünstigten Unrecht getan hatte.

Antonia lachte. «Nein, sicher nicht. Ihre Eltern wollten, dass die beiden heiraten. Felicitas hat ihn so wenig geliebt wie er sie. Aber dass er die Verlobung gelöst hat, hat sie trotzdem gekränkt.» Sie weiß bis heute nicht, wie gut es das Schicksal mit ihr gemeint hat, dachte sie. So respektvoll Melchior auch seine Frau behandelte – Menschen gegenüber, die ihn langweilten und die er nicht ernstnahm, konnte er unerträglich sein. Während seiner ebenso sittlich einwandfreien wie unterkühlten Verlobungszeit hatte er Felicitas boshaft «die Dampfnudel» genannt.

«Und was machen wir jetzt? Sollen wir warten, bis sie weggeht?»

Zweifelnd blickte Antonia in Felicitas' Richtung. Sie schien sich zu amüsieren, denn sie war gesprächig wie selten. «… und der alte Rosshauptner von der Au drüben, der is' g'storben», berichtete sie soeben. «Mei, aber wen wundert's, so zaunrackeldürr wie der war! Sei' Frau hat eam ja bloß noch den neumodischen Schmarrn kocht, was die Lebensreformer essen. Ohne Fleisch, stellen S' Eana vor! Geld hat's sparen wollen, die Ruach! Mei, der Arzt hat g'meint, er hat a G'schwür, aber nix G'wiss woaß ma ned, is doch so, oder? I halt ja nimmer so viel vom Doktor Winter. Stelln S' Eana vor, der hat zu mir g'sagt, ich bräucht' eine Kur! Luft und Licht an die Haut, hat er g'sagt. Ich wär' kasig! Sie, Herr Doktor, hab i g'sagt, wenn i kasig bin, dann weil i mehr Leberkas essen muss. Haben S' Eana des so vorg'stellt, dass i am Monte Verità nackert umananda tanzen sollt? Luft und Licht!, hab i g'sagt, a so a Sauerei, so a zuchtlose!»

Es wirkte nicht, als wolle sie so schnell weiter. Und zu allem Überfluss gab es gleich am Eingang auch noch einen Kaffeeausschank. Wenn sie Pech hatten, ließ sie sich häuslich nieder. Und wenn sie zu lange hier warteten riskierten sie, dass jemand sie ansprach und sie Aufmerksamkeit auf sich zogen.

«Vielleicht sollten wir einen anderen Ausgang nehmen», meinte Antonia. «Der im Süden ist ja nicht so weit. Gehen wir lieber dorthin. Das ist ein kleiner Umweg, aber wir riskieren nicht, dass Felicitas Bella erkennt.»

Fünf

War Felicitas nicht froh, dass sie nicht heiraten musste?», fragte Mina, als sie langsam zurückgingen. «Also wenn ich jemanden heiraten sollte, den ich nicht mag, wäre ich froh, wenn er es sich anders überlegt.»

Antonia lachte. «Ich auch! Aber weißt du, ihr ganzes Leben lang ging es nur darum, wann und wen sie heiratet. Sie wollte eine gute Tochter sein, und von guten Töchtern wird erwartet, dass sie heiraten. So sind die Regeln.» Und die brach man nicht. Felicitas hätte sicher kein Pferd gestohlen, um es vor seinem brutalen Herrn zu retten. Ihre ganze Existenz war bestimmt von verknöcherter Disziplin, verpackt in hübsche Seidenstoffe, die Körper und Geist in die gewünschte Form pressten. Gefühle, die so lange zurechtgezurrt wurden, bis sie verkrüppelten und die Seele nicht mehr trugen. «Der einzige Moment, in dem sie einmal im Leben im Mittelpunkt gestanden hätte, wäre die Hochzeit gewesen.»

«Sie kann doch jemand anders heiraten.»

«War wohl nicht so einfach. Da geht es vor allem darum, dass das Geschäft stimmt.»

Mina lief eine Weile nachdenklich neben Antonia her. Eine Ochsenbraterei und ein paar kleinere Schießbuden, die hier, weit genug entfernt von den größeren den Weg säumten, beachtete sie kaum. Und das, obwohl aus der einen Schießbude bei jedem Treffer auf die Metallfiguren sogar ein Geräusch tönte. Bella zuckte jedes Mal ein wenig zusammen, und ihre Ohren bewegten sich unbehaglich. Immer wieder wurde das Weiße in ihren Augen sichtbar, wenn sie nach der Quelle der merkwürdigen Geräusche schielte, und sie war sichtlich erleichtert, als sie sich entfernten.

«Das ist irgendwie traurig», meinte Mina endlich.

Treffend bemerkt, dachte Antonia.

«Heiraten ist blöd», meinte Mina. «Ich will nicht heiraten. Ich werde mal eine alte Jungfer. Da wird man von allen eingeladen, kann auf jeder Hochzeit tanzen und essen, aber muss selbst keine ausrichten. Und alle haben ein schlechtes Gewissen, weil man keinen Mann abgekriegt hat, und deshalb sind sie alle nett zu einem. So hat man eine Feier nach der anderen, aber man muss nicht küssen. Küssen ist eklig.»

Na, du hast ja noch ein bisschen Zeit, dachte Antonia. Aber als Kind hatten ihr die Bauernhochzeiten auch nicht gefallen. Die Witze, die die Kinder nie verstanden, waren nichts als dumme Anzüglichkeiten. Am meisten war ihr der Hochzeitslader auf die Nerven gegangen. Es war fast immer derselbe Mann gewesen, ein Bauer, der als Spaßvogel galt. Seine Aufgabe war es, die Gäste zur Hochzeit einzuladen und sie dann während der Feier zu unterhalten – besonders die, welche im Festsaal sitzen blieben, wenn die Braut entführt wurde und der Bräutigam sie suchen musste. Aber da immer derselbe Mann bestellt wurde und sich alle untereinander kannten, wiederholten sich auch die Späße. Und die meisten waren von der Art, dass einem das Küssen tatsächlich vergehen konnte – und alles Weitere erst recht.

«Küssen Sie Ihren Mann?», fragte Mina und blickte zu Antonia auf.

Antonia musste lachen. «Ja, schon», erwiderte sie. «Aber weißt du, wenn man einen Mann liebt, dann ist es auch schön.»

«Hm.» Mina überlegte. «Mir fällt keiner ein, den ich küssen mag. Meine Mutter sagt auch, dass man das nicht machen soll. Ich habe sie mal gefragt, wo die Kinder herkommen, und sie hat gesagt, wenn man heiratet und küsst.»

Antonia lachte. «Vom Küssen bekommt man keine Kinder!»

«Wissen Sie das? Haben Sie welche?»

«Schon, aber …»

«Na sehen Sie, und gerade haben Sie gesagt, Sie küssen Ihren Mann.»

Unbezwingbare Logik. «Ein bisschen mehr ist schon nötig.»

«Und was?»

Antonia räusperte sich. Sie war sich nicht sicher, ob sie sich berufen fühlte, das zu erklären. Hilflos blickte sie zur Seite, aber als der Besitzer der Photographiebude, die sie gerade passierten, es bemerkte und sie ansprechen wollte, wandte sie sich schleunigst wieder dem Mädchen zu.

«Keiner sagt es einem!», brummte Mina.

Antonia seufzte. Es gab schon genug Mädchen, die aus Unwissenheit schwanger wurden und sogar an einer verpfuschten Abtreibung starben, aus lauter Angst vor Schande. «Hast du auf deinem Hof schon einmal gesehen, wie es bei Tieren geht? Genau so.»

Mina runzelte die Stirn. «Aber wozu braucht man dann die Hochzeit?»

Berechtigte Frage, dachte Antonia schmunzelnd.

Sie passierten ein paar fliegende Händler, und unwillkürlich wurde Mina langsamer. Von einem Moment auf den anderen wurde das Mädchen, das solche Fragen stellte, wieder zu einem Kind, das mit großen Augen die Wunder betrachtete. Für einen Moment blieben ihre Augen sehnsüchtig an ein paar bunten Glasmurmeln hängen. Beobachteten, wie sich das Licht in ihnen brach und die bunten Farbstreifen im Inneren wie zu Eis erstarrte Wellen funkelten. «Es muss schön sein, über dieses Fest zu laufen und sich solche Dinge kaufen zu können.»

Antonia erinnerte sich gut an dieses Gefühl – als ob man an einem festlich geschmückten Saal voll fröhlicher Menschen vorbeiginge und doch nicht eintreten durfte. Verdammt, draußen auf der verschneiten Straße vorbeizuhuschen, ein Schatten in der Dämmerung. Dann beschlug die Scheibe, und nur noch verschwommene Lichter blieben von dem Traum.

Entschlossen griff sie nach Minas Hand und ging mit ihr zu dem Händler hinüber. «Welche Murmel gefällt dir denn?»

Mina riss die Augen auf und starrte sie an. Der Händler schob die geflochtene Schale in Minas Richtung, und die Sonne glänzte auf den Glasperlen. Mina fuhr zögernd mit der Hand hinein. Ganz vorsichtig ließ sie die Perlen durch die Finger gleiten. Durchsichtiges Glas mit gelben, roten und blauen Einschlüssen, azurblaue und smaragdgrüne oder feuerrote Bälle. Manche waren einfach und durchsichtig, andere irisierten in Hellblau und Türkis oder schimmerten milchig wie Perlen. Langsam strich sie mit den Fingern darüber, als ob sie jede Rundung fühlen wollte, als ob sie einen geheimnisvollen Schatz vor sich hätte, geborgen aus den dunklen Tiefen des Ozeans, wo Meerjungfrauen und buntglänzende Fische um sie herumjagten, Blitze aus Farben und Licht in der ewigen Dämmerung. Endlich wählte sie eine Murmel mit blauem Einschluss aus.

Antonia bezahlte und reichte ihr das Spielzeug. Das Kind strahlte und steckte die Murmel ein wie einen kostbaren Schatz. Irgendwie fühlte es sich gut an. Antonia hatte beinahe selbst Spaß daran. Und die Art, wie Mina die Glaskugeln betrachtet hatte, ließ sie die billigen Dinger auf einmal selbst wie eine Kostbarkeit schätzen.

«Na gut, jetzt komm!», rief Antonia. «Ich will zwischen zwei und halb drei an der Rennbahn sein. Aber wenn wir uns beeilen, kannst du vielleicht noch Schiffschaukel fahren oder den Lukas hauen.»

Mina riss die Augen auf. «Wen hauen?»

Antonia lachte. «Das ist ein Spiel. Man schlägt mit einem Hammer auf eine Platte, und je kräftiger man schlägt, desto mehr gewinnt man.»

Sie zog die Kleine weiter, und Bella trottete geduldig hinter ihnen her. Warum auch immer die Menschen sie hin und her durch diesen Trubel jagten, es schien ihr offenbar besser als das, was sie hinter sich hatte. Der Wind zauste ihre blonde Mähne, und als Antonia ihr übers Fell strich, war es warm von der Sonne, die einen breiten goldenen Streifen darauf warf. Sie legte den Arm um Mina, und nun sahen sie wirklich aus wie zwei Schwestern.

Antonia erinnerte sich, dass sie einen Lukas gleich hinter dem Kreis der fest installierten Holzbuden gesehen hatte – weit genug weg von der Polizeiwache, da, wo die Buden den Bierhallen wichen. Es war nicht schwer, die Stelle wiederzufinden. Ein paar Burschen hatten die Jacken ausgezogen und versuchten gerade mit hochgekrempelten Hemdsärmeln ihr Glück. Einer schaffte es tatsächlich, den Bolzen bis zum Anschlag hochzuschlagen. Die Zuschauer jubelten, seine Kumpane stießen auf ihn an, und der Betreiber schob sich die Mütze aus dem Gesicht und überlegte zweifellos, ob er den Bolzen noch schwergängiger machen könnte. Der Sieger nahm seinen Preis, ein kleines Fass Bier, in Empfang und hob es triumphierend in die Höhe.

Antonia sah Mina auffordernd an und schob sie vorwärts. Das Mädchen reichte ihr den Strick, an dem sie Bella führte, und trat zögernd nach vorn. Antonia band Bella ans nächste Geländer und bezahlte drei Schläge. Der Betreiber reichte ihr den Hammer.

«Sicher, dass das was für euch ist?» Er grinste und musterte die elegante Dame mit den Spitzenhandschuhen und dem breiten Hut auf den braunen Locken, dann das Mädchen im Sonntagskleid. «Ist mehr was für echte Männer.»

Mina schaute ihn verächtlich an und griff nach dem Hammer. Ihre drallen Kinderhände wirkten lächerlich klein um den Stiel. Natürlich würde sie nie und nimmer bis ganz oben treffen, aber wenn sie die unterste Markierung erreichte, würde das windige Zigarettenbürscherl schon ziemlich dumm aus der Wäsche schauen.

Mina holte aus und schlug zu. Der Bolzen bewegte sich, aber er sprang nur ein wenig nach oben.

«In die Mitte!», rief Antonia.

Mina nickte mit zusammengepressten Lippen. Das Gesichtchen, umrahmt von ihren wilden, nur von dem Band gehaltenen Naturlocken, war eisern entschlossen. Antonia hätte am liebsten mit zugegriffen. Sie wünschte der Kleinen so heftig den Erfolg, dass sie ganz unruhig wurde. Es machte Spaß mitzufiebern.

Mina versuchte es ein zweites Mal, und der Bolzen sprang auf die unterste Markierung.

«Genau so!», feuerte Antonia sie an. Sie klatschte begeistert in die Hände und erwischte sich sogar bei einem Hüpfer. Immer mehr Leute drängten sich jetzt um sie, um das seltene Schauspiel zu beobachten.

Die Kleine grinste verlegen, und dann schlug sie ein drittes Mal zu.

«Zweimal die unterste Markierung!», rief Antonia. «Das war großartig!»

Der Bengel mit der Schiebermütze machte große Augen. Eigentlich war das weit unterhalb der Linie, wo es Gewinne gab, aber er musterte die Kleine, und dann griff er in die Tasche und gab ihr ein Bonbon.

«Danke!» Mina strahlte so sehr, dass Antonia lächeln musste. Während sie Bella wieder losband, blickte sie sich nach einer Uhr um.

Dabei sah sie den Schutzmann. Er trug eine Pickelhaube und einen Revolver, seine Füße steckten in sorgsam gewienerten Stiefeln. Die blaue Uniform – jedes Kind kannte die Kleidung der königlichen Schutzmannschaft, die erst vor wenigen Jahren hier in der Stadt anstelle des königlich bayerischen Gendarmeriekorps eingeführt worden war. Der Spieß auf seinem Helm glänzte in der Sonne. Die breit herausgereckte Brust und die wachsam umhereilenden kleinen Augen unter streng zusammengezogenen Brauen bewiesen eine finstere Entschlossenheit, jedes noch so kleine Verbrechen zu verfolgen, ehe es noch recht geschehen war. Schon wegen der Langeweile. Er war verurteilt, hier über die Wiesn zu laufen, ohne sich vergnügen zu dürfen. So würde er danach trachten, auch anderen den Spaß zu verderben – Hüter einer soldatischen Ordnung, die nie und nimmer verletzt werden durfte.

Schnell zeigte sie mit dem Kinn in seine Richtung. Mina verstand.

«Wohin?», flüsterte sie.

Antonia nahm Bellas Strick und drückte ihn Mina in die Hand. «Hinter die nächste Bierhalle!»

Mina nahm den Strick, aber sie ging mit Bella nicht hinter die Halle. Offenbar hatte sie sie falsch verstanden. Sie verschwand mitsamt dem Pferd im Inneren!

Antonia blieb fast das Herz stehen. Ein Pferd in einer Bierhalle! Wenn das kein Aufsehen erregte, was dann? Sie blickte sich schnell um, aber zum Glück war es ruhig. Nervös lehnte sie sich an das Geländer. Sie konnte Mina nicht hinterher, ohne den Blick des Ordnungshüters auf sich zu ziehen. Also tat sie, als würde sie auf jemanden warten. Sie strich sich das elegante Kleid glatt und zupfte an ihrem Hut.

Der Gendarm kam näher und blieb stehen. Hatte er sie mit dem Pferd gesehen? Antonia beschloss, harmlos zu tun. Sie erwiderte den Blick und lächelte. Dann spielte sie mit ihrem Trauring herum.

Der Gendarm zwirbelte seinen eindrucksvollen Schnurrbart, räusperte sich und sah weg, wie um sich zu überzeugen, dass alles ruhig war. Dann rückte er seine Uniform zurecht, justierte wichtig den Sitz seines Revolvers und verschwand hinter dem nächsten Stand.

Antonia atmete auf. Sie versicherte sich, dass niemand auf sie achtete, dann tauchte sie unter dem Geländer hindurch und betrat die Bierhalle durch das breite, scheunenähnliche Tor, über dem in großen Lettern «Schottenhamel» stand.

Nach dem hellen Sonnenlicht war es hier drinnen geradezu düster. Wie überall in den Hallen gab es Tische und Stühle aus dunklem Holz, und wenn man es nicht besser gewusst hätte, hätte der Raum genauso zu einem Brauereigasthaus gehören können. Ketten von Glühbirnen spannten sich wie Girlanden unter der Decke des hölzernen Gebäudes. Sie hatte fast vergessen, wie sie damals vor ihrem ersten Oktoberfest hier gearbeitet und genau solche Birnen in die Fassungen gedreht hatte. Unwillkürlich musste sie lächeln. Der Vorarbeiter hatte ihnen von der Kraft der Elektrizität erzählt, und ihre Kollegin war vor Schreck fast mit der Leiter und der ganzen Girlande herabgerauscht. Damals hatte sie so sehr davon geträumt, nur ein einziges Mal hier Gast sein zu können. Und heute war es ihr fast schon lästig. Merkwürdig, wie schnell man sich an den Luxus gewöhnte.

Die orchesterstarke Blaskapelle oben auf dem Podest spielte ihre Gstanzln und Schnaderhüpferln mit dem wuchtigen Pathos einer Wagneroper. Und nicht weniger inbrünstig sangen auch die Gäste mit, die noch nicht zum Kaffee oder zum Pferderennen aufgebrochen waren – und das waren einige. Wie Weihrauch waberten Dünste von Fleisch durch den

Raum – Hendl, Haxen, Braten. Opferdüfte für eine gefräßige Gottheit, aromatisiert mit Lorbeer, Zwiebeln, Knoblauch und Fett, fermentiertes Rotkraut. Dazu natürlich Knödeldampf: Semmelknödel, Kartoffelknödel, Brezenknödel, und dazwischen mischte sich der süßlich malzige Geruch von Bier. Gäbe es einen eigenen Gott der Wiesn, so säße er hier, dachte Antonia: mit rotglänzendem Baalsbauch, Bierdunst im Haar und sauerkrautumschatteten Brauen. Schnaderhüpferl würden ihm zum Lobpreis gesungen, während er voll Ingrimm die Tür nach draußen im Blick hätte. Und wenn er im Dunkel seine Fleischersfaust samt Maßkrug schüttelte, würden Glutströme von Starkbier durch die Kehlen fließen. An einem Tisch nicht weit vom Ausgang saß eine Gruppe junger Burschen, die nicht so aussah, als wollte sie so bald gehen. Der Kleidung nach waren es einfache Arbeiter. Befreit von der strengen Disziplin ihrer Herren sangen sie übermütig und ein wenig schief zur Blasmusik mit. Mit gierigen Schlünden schaufelten sie Bratwurst auf Bratwurst in ihre nimmersatten Mägen. Einer war sogar auf den Tisch gesprungen und tanzte einen wilden Korybantentanz. Sehr zum Gaudium der anderen, denn am Hosenschlitz dieses Hohepriesters der Völlerei waren die Knöpfe aufgegangen.

Und mittendrin in diesem bacchantischen Chaos: Mina. Bella stampfte unruhig und rollte die Augen.

Die stickige Luft ließ die Düfte ungefiltert auf sie einstürmen, so betäubend stark, dass es unerträglich sein musste. Das Mädchen bemühte sich, sie festzuhalten und wieder zum Ausgang zu führen, aber die Stute stemmte bockig alle viere in den Boden und bewegte sich keinen Schritt weiter.

Antonia blieb fast das Herz stehen. Inzwischen waren auch die Burschen am Tisch auf das Spektakel aufmerksam geworden und fanden das alles offenbar unglaublich witzig: Sie lachten und feuerten Bella an, und der Tänzer auf dem Tisch ruderte und wedelte mit den Armen. Die dicke Kellnerin hingegen fand das alles offenbar ganz und gar nicht lustig. Sie schimpfte wie ein Rohrspatz.

«Schleich di, aber sofort!», kreischte sie. «A so a Sauerei, mit dem Ross in d' Bierhallen! Hast du noch alle Haferl im Schrank, du damischer Mehlhas?»

«Hock di her, Kleine!», rief einer der Bacchanten, und ein anderer meinte: «Und dei' Pferd bringst mit, des derf sich auch herhocken!»

Worauf natürlich alle wieder in wieherndes Gelächter ausbrachen. Antonia gönnte sich einen Rückfall in längst vergessene Fähigkeiten und schnappte dem einen die Semmel vom Teller, während er den Kopf nach Bella verdrehte. Wenn das eine Odyssee ist, dachte sie, dann bin ich hier wohl auf der Insel der Lotophagen, die von sonderbaren

Substanzen berauscht alle Reisenden bei sich behalten wollen für immer und ewig. Jedenfalls sehen die so aus, als wollten sie bis zum Sankt-Nimmerleins-Tag feiern.

«Entschuldigung», sagte sie zur Kellnerin und drückte ihr ein paar Münzen in die Hand. «So eine Ausreißerin!» Sie packte Bellas Mähne dicht am Kopf und zog sie in Richtung Ausgang. Mina stolperte dankbar hinterher. Aufatmend traten sie ins Licht.

Bella bewegte die Nüstern. Auch sie schien froh, wieder in der Sonne zu sein und den leichten Wind zu spüren. Die Essensgerüche drinnen hatten schon Antonias Sinne dumpf und schwer gemacht, für ein Pferd musste es gewesen sein, wie wenn ihr jemand die Nüstern zuhielt. Bella schnaubte und begann mit den Lippen über Antonias Kleid zu streifen.

«Ach, genau. Ich habe ja etwas für dich», lachte sie. Sie gab dem Pferd die Semmel. «Die hast du mehr verdient als die betrunkenen Rüpel da drinnen.»

Mina lächelte, als sie sah, wie Antonia dem Pferd liebevoll die Stirn streichelte und Bella dann den Hals tätschelte. «Und jetzt?», fragte sie.

Antonia blickte auf, als ihnen eine Gruppe lautstark diskutierender Frauen entgegenkam. Du liebe Zeit! Der Verein für Fraueninteressen, in dem sie seit letztem Jahr Mitglied war! Sie hatte sogar überlegt, ob sie zu dem Treffen auf der Wiesn gehen sollte, und hatte völlig vergessen, dass es hier stattfinden würde. Hastig zog sie sich den Hut ins Gesicht und winkte Mina, ein paar Schritte weiterzugehen. Die Vorsitzende, Ika Freudenberg, kannte sie. Antonia war noch nicht allen Mitgliedern begegnet, und in Vereinen gab es immer Eifersüchteleien und Machtkämpfe. Das war in einem Frauenverein genauso wie in jedem anderen auch. Besser, wenn sie niemand hier mit dem Pferd sah, womöglich sickerte noch irgendwo etwas durch.

Sie liefen ein paar Schritte im Schatten der Trinkhalle, der, wie Antonia besorgt feststellte, schon nicht mehr ganz so kurz war wie vorhin. «Ich sollte mich allmählich auf den Weg machen», meinte sie mit einem Blick zurück, wo der Frauenverein im Inneren verschwand. «Ich bringe dich noch zum Ausgang. Aber ich möchte nicht, dass sich mein Mann Sorgen macht. Außerdem würden die Leute nur wieder tratschen.»

Hinter ihnen lagen noch immer vor allem Trinkhallen, sie waren noch nicht in den Kreis der Buden oder gar zu den Schaubuden vorgedrungen. In einiger Entfernung sah sie wieder das Riesenrad, und weit genug entfernt die Fahnen, die am Königszelt und an der Rennbahn wehten.

«Die tratschen hier auch?», fragte Mina. «Und ich dachte, das tun sie nur auf dem Land.»

Antonia lachte. «Sicher nicht. Melchior musste sich schon so oft anhören, dass er mir zu viel Freiheit lässt und ich herumstreune.» Was ihn nie sonderlich beeindruckt hatte, schließlich pflegte er das Hobby, sein Umfeld zu schockieren, geradezu liebevoll. Melchior sammelte entsetzte Spießbürger wie andere Männer Gemälde oder Liebschaften, und vermutlich gab es in irgendeiner Schublade, die selbst sie nicht kannte, eine Art Katalog wie in Mozarts *Don Giovanni* – nur dass er darin nicht seine weiblichen Eroberungen auflistete, sondern alle, die seinetwegen einen Herzanfall erlitten hatten.

«Ich dachte, die Frauen dürfen hier mehr als bei uns. Bei uns reden sie von den Frauen aus der Stadt, wie die schillern und strahlen und was sie sich alles herausnehmen dürfen.»

«Da ist etwas dran», erwiderte Antonia. «Am Wahlrecht arbeiten wir zwar noch, und Zigaretten kaufen dürfen wir auch nicht, doch insgesamt sind wir schon ein Stück weiter. Der Mann hat die Hosen an, aber die Frau bestimmt, wann und welche.»

Mina lachte. «Und Sie sagen Ihrem Mann das auch?»

Die Vorstellung, Melchior in Kleiderfragen irgendetwas vorzuschreiben, war amüsant. «Ehrlich gesagt, nein», erwiderte Antonia und zwinkerte Mina zu. «Wir ziehen beide an, was uns gefällt. Aber viele Leute kennen es nicht anders, als dass entweder der Mann der Herr im Haus ist oder die Frau ihn unterm Pantoffel hat.»

Mina musterte sie verstohlen. «Sie lieben Ihren Mann.»

Antonia musste lächeln. «Ja.»

«Und er Sie auch?»

«Ich denke schon.» Es wäre schön, wenn er hier wäre, um es mir selbst zu sagen, dachte Antonia. Auf einmal hatte sie das Bedürfnis, Mina schnell zum Ausgang zu bringen. Sie freute sich auf das Rennen mit Melchior, hatte Lust, ihm zu sagen, auf welches Pferd er für sie setzen sollte. Lust, mit einem Glas Weißwein neben ihm zu stehen und zu fiebern, ob ihr Pferd gewinnen würde. Ihm, wenn sie gewann, außer sich vor Freude um den Hals zu fallen, und wenn sie verlor, lachend auf einen Stuhl zu sinken und zu sagen, dass Glück in der Liebe eben Pech beim Spiel bedeute. Geschäftspartner und Freunde zu treffen – ob die Stucks da sein würden oder die Pschorrs? Und, sie gestand sich die kleine Eitelkeit ein, auch in aller Unschuld ein wenig zu glänzen und Blicke auf sich zu ziehen.

«Sie meinen das ernst. Sie werden ja ganz rot!», lachte Mina.

Antonia wischte ihr scherzhaft mit der Hand über die hellbraunen Wuschelhaare. «Das reicht jetzt! Komm, wir gehen zum Südausgang, und dann reitest du los. Du wirst allmählich frech.»

Sechs

Antonia griff nach Bellas Strick und zog die beiden weiter in Richtung Südausgang. In dem Moment donnerte ein Kanonenschlag.

Bella scheute. Sie riss den Kopf nach oben und stampfte unruhig ein paar Schritte rückwärts. Ihre Hinterbeine brachen zur Seite aus, ein eleganter Herr musste ausweichen und rief ein weniger elegantes Schimpfwort. Mina legte ihr beruhigend die Hand auf die Nase.

Erneut ein Kanonenschlag. Jetzt wurden mehrere hintereinander abgefeuert, zerrissen den Frieden des Nachmittags, schienen um sie herum einzuschlagen und im Inneren des Körpers zu vibrieren. Mit schreckgeweiteten Augen blickte Mina Antonia an.

«Haben sie uns gefunden?»

Antonia schüttelte den Kopf und beruhigte das noch immer unruhig stampfende Tier. Kein Wunder, dass Bella nervös wurde, sie war zum ersten Mal hier. Schon die vielen Leute mussten ein Bauernpferd unruhig machen, und Kanonenschläge hatte sie vermutlich überhaupt noch nie gehört. «Es ist alles gut. Die Kanonen bedeuten, dass es zwei Uhr ist. Die königliche Familie zieht ein.»

«Der Prinzregent?», hauchte Mina ehrfürchtig. Unwillkürlich sah sie an sich herab und strich sich das Sonntagskleidchen glatt.

«Ja. Los, komm jetzt.» Besorgt blickte Antonia über die Schulter. Sie hätte Mina das Spektakel gegönnt, wenn die königliche Familie einzog. Aber es würde alle Besucher zum Königszelt locken. Das Gedränge würde unübersehbar werden, und es würde schwer sein, gegen den Strom noch voranzukommen. Außerdem war Hopf womöglich unter den Schaulustigen.

Mina starrte sehnsüchtig in Richtung des Königszelts, und ihr rundes Gesichtchen wirkte auf einmal traurig. Antonia legte ihr den Arm um die Schultern. «Es ist nicht so glanzvoll, wie es sich anhört», sagte sie tröstend. «Nun komm, wir müssen deine Bella in Sicherheit bringen.»

Mina warf noch einen letzten Blick in Richtung des Budenkreises, hinter dem das Königszelt lag. Dann nickte sie und stapfte weiter.

Mit einem Schlag schienen die Bierhallen, Weinlokale und Kaffeehäuser all die Menschen auszuspeien, die vorhin von den Straßen verschwunden gewesen waren. Die Wege belebten sich, wurden enger und enger. Antonia wollte die Straße überqueren, doch mit dem Pferd war das unmöglich. Alle strebten in Richtung des zentralen Platzes, alle hatten es eilig, und nicht wenige verteilten Knuffe und Rippenstöße, um ihrem Ziel näher zu kommen. Als Mina mit ihrer Stute einfach mitten auf der Straße anhielt, begannen die Ersten zu schimpfen.

Bella wurde immer nervöser. Obwohl die sanften Noriker eigentlich kaum etwas aus der Ruhe brachte, begann sie die Augen zu rollen, sodass man das Weiße sah. Unruhig hob sie den Kopf und bewegte sich rückwärts. Schaum bildete sich vor ihrem Maul, und sie schnaubte.

«Gib ihr den Kopf frei! Wenn sie auskeilt, verletzen wir noch jemanden!», rief Antonia, während Mina sich vergeblich an den nutzlosen Strick klammerte. Es kam immer wieder vor, dass selbst solche harmlosen Tiere der Aufregung und den vielen Menschen auf der Festwiese nicht gewachsen waren, selbst wenn sie den Lärm und den Trubel der Stadt gewöhnt waren. Ein Tritt in die Rippen konnte tödlich sein. Mina lockerte den Strick, und es blieb ihnen nichts anderes übrig, als sich mittreiben zu lassen. Sie wurden vom Tor weggedrängt in Richtung Rennbahn – dorthin, wo nicht nur das Königszelt stand, sondern auch die Polizeiwache.

Sieben

Unaufhaltsam wurden sie von der Menschenmenge in Richtung Rennbahn geschwemmt. Mina hatte beschützend den Arm um Bellas Hals gelegt und klammerte sich an sie. Antonia überkam ein warmes Gefühl, als sie sah, wie Bella es dankbar geschehen ließ und sich sogar ein wenig zu beruhigen schien. Das Kind und das Tier hielten sich gegenseitig, die Stute mit ihrer Kraft und Größe, das Mädchen, das in der fremden Welt der Menschen zu Hause war, die das Tier verunsicherte. Es hatte etwas so Vertrautes.

Sie wurden weitergedrängt, und schon öffnete sich vor ihnen der Platz mit der Polizeiwache. Auf einmal rempelte irgendjemand Mina heftig von hinten an. Bella zuckte, brach zur Seite aus, und Mina wurde abgedrängt.

Hastig griff Antonia nach dem Strick. «Bella!», hörte sie Mina rufen. Die Ohren des Tiers zuckten, und es wandte den Kopf in ihre Richtung. Dann stapfte sie einfach los.

«Entschuldigung!», rief Antonia, als Bella einen

Herrn im Gehrock touchierte und unsanft zur Seite stieß, und «Entschuldigung!», als eine Dame in ihrem Alter einen Satz zur Seite machen musste und an den Arm ihres Begleiters flüchtete. Antonia wurde einfach mitgerissen. Sie hatte die Wahl, entweder den Strick loszulassen und beide zu verlieren oder sich auf Gedeih und Verderb an Bella zu hängen. Die Leute schimpften, aber sie wichen vor der breiten Brust des Noriker-Kaltbluts zurück. Antonia versuchte ein schiefes Lächeln, aber ihr war klar, dass es ziemlich albern aussehen musste, wenn eine elegante Dame von einem zu allem entschlossenen Brauereigaul einfach mitgezogen wurde.

Auf einmal sah sie wieder das schlichte Sonntagskleidchen und das hellbraune Haar, und dann warf Mina beide Arme um den Hals des Pferdes. Antonia atmete auf. Sie richtete den Sitz ihres Huts und ihrer Handschuhe, strich die Rüschen an ihrem Kleid glatt und blickte sich um.

Sie standen mitten auf dem Platz mit der Hauptwache. Die Buden wichen hier zurück und bildeten einen weiten Kreis. Im Hintergrund öffnete sich der mit Fahnen geschmückte Eingang des Königszeltes. Auf einmal machte die Menge mit einem lauten «Ah!» Platz.

Eine offene Kutsche hatte sich von der Stadtseite her genähert, gezogen von sechs edlen Andalusiern – Schimmel, von reinweiß bis mausgrau. Auf dem Bock saßen zwei Kutscher in Zylinder und langen, hellen Mänteln. Das Verdeck war offen, sodass man die beiden Männer auf den Sitzen erkennen konnte: ein sehr alter Herr in Uniform mit einem voluminösen weißen Bart. Der daneben war auch nicht mehr der Jüngste und trug zur Uniform noch einen schwarzen Helm mit weißem Helmbusch. Dahinter folgten weitere Kutschen, eine mit einer alten Dame und mehreren jüngeren Leuten in kostbaren Kleidern. Alle wurden von Soldaten mit Pickelhauben eskortiert, deren Säbel in der Sonne blitzten.

«Die Königsfamilie», sagte Antonia. «Der Prinzregent mit seinem Sohn Ludwig. Dahinter dessen Frau Marie Therese mit ihren Kindern.» *Kinder* traf es nicht ganz, dachte sie. Rupprecht, der Älteste, war immerhin schon gute dreißig und damit zehn Jahre älter als sie selbst. Antonia betrachtete die junge Frau an seiner Seite, die etwa in ihrem Alter war – der Prinz hatte erst kürzlich geheiratet.

Mina beobachtete andächtig, wie die Herrschaften ausstiegen. «So sieht also ein König aus», sagte sie beeindruckt.

«Eigentlich ist keiner von ihnen König», erklärte Antonia. «Prinzregent Luitpold regiert, seit sein Neffe, König Ludwig II., ohne Erben starb. Der andere ältere Herr, Prinz Ludwig, ist sein Sohn. Er lebt die meiste Zeit gar nicht in der Residenz, sondern auf Schloss Leutstetten. Das ist am Würmsee, genau wie dein Dorf, ganz in der Nähe von Starnberg.»

«Da war ich noch nie. Ich komme vom Ostufer.»

Und zu Fuß war das eine Weltreise. Antonia erinnerte sich gut daran, wie weit der Weg ins wenige Kilometer entfernte Au in der Hallertau für sie gewesen war.

Mina verfolgte die beiden Herren fasziniert mit einem Blick, als würden auf einmal Märchenschlösser mit verwunschenen Höhlen, Seen und Pavillons vor ihren Augen lebendig. Vielleicht hatte sie schon von Neuschwanstein und Linderhof gehört. Dachte womöglich an Springbrunnen, an wie durch Zauberhand bewegte Tische, die gedeckt von der Küche ins Königsgemach fuhren, hohe Türme vor Bergesspitzen und goldene Brunnenfiguren, umweht von einem schwülen Hauch Wagner'scher Musik. Zauberschlösser, wie aus Luft und Träumen gebaut, als könnten sie zu Stein erstarren oder sich auflösen von einem Herzschlag zum nächsten – durch Magie oder Zahnräder, Zauberei oder Technik, wer wollte das schon so genau wissen?

«Na ja, vermutlich hast du nicht viel versäumt», tröstete Antonia. «Die Leute nennen den Prinzen Millibauer und seine Frau, die Prinzessin Marie Therese, die Topfenresl.» Milchbauer und Quark-

Therese – die ländliche Lebensweise des Prinzenpaares hatte ihnen diese schmeichelhaften Namen beschert. Hin und wieder traf man Ludwig angeblich sogar in einer Bierwirtschaft an – nach Giesing hatte er sich allerdings noch nie verirrt.

Mina kicherte verstohlen. «Und der Prinzregent wird kein König, wo doch sein Neffe schon so lange tot ist?»

«Wohl nicht.» Das wäre auch alles andere als klug gewesen. Es gab schon genug Stimmen, die dem Regenten vorwarfen, Ludwig II. aus reiner Machtgier für verrückt erklärt und abgesetzt zu haben. Sogar über Mord wurde gemunkelt, selbst jetzt noch, da Ludwig schon fünfzehn Jahre tot war. Antonia erinnerte sich an die Bilder des Königs, die in ihrer Kindheit im Rathaus und auch in manchen Stuben gehangen hatten. Schlechte Kopien des Jugendporträts, kreischend bunt wie dilettantisch gemalte Heiligenbilder: ein schlanker, schwarzhaariger junger Mann im Königsornat in weißem Hermelinmantel, schwarzem Wams und enganliegenden weißen Hosen – die Sorte König, von dem junge Mädchen träumten. Zumindest, wenn sie nicht wussten, dass er als grausam verschrien war und zu diesem Zeitpunkt einige Kilo mehr auf den Rippen gehabt hatte, aber dafür keinen gesunden Zahn mehr im Mund. Und dass sie, wenn an den Gerüchten etwas dran war, sowieso kein Glück bei ihm gehabt hätten, weil er seine Pagen bevorzugte. Aber was vermochte die schnöde Realität schon gegen den Traum vom tragikumwitterten Märchenkönig, der zu den Klängen todessehnsüchtiger Musik im Mondschein sein einsames, feuchtes Grab gesucht hatte? Antonia lachte verstohlen.

«Ist der Prinzregent auch ein Millibauer?»

«Nein. Er mag Kunst.» Antonia war ihm ein paarmal begegnet. Er verkehrte hin und wieder in Künstlerkreisen, auch bei ihrem Freund Franz Stuck – ach du liebe Zeit!

Genau in diesem Moment sah der alte Herr herüber. Schnell zog Antonia den breitkrempigen Hut tief ins Gesicht. Das fehlte noch, dass der Prinzregent persönlich sie beim Pferdediebstahl erwischte. Sie hatte gar nicht daran gedacht, dass er sie erkennen könnte!

Der alte Herr wirkte inzwischen etwas gebrechlich, aber seine Augen waren noch immer wach. In der Uniform mit dem großen Helmbusch sah er eindrucksvoll aus – aber Antonia wusste aus Erfahrung, dass er sich ohne diesen Putz ganz anders ausnahm. Es kam immer wieder vor, dass Schwabinger Künstler ihn nicht erkannten, wenn er überraschend ein Atelier besuchte. Wenn er sie bemerkt hatte, dann dachte er vermutlich, es sei ihr peinlich, woher er sie kannte. Offiziell hatte Antonia nie zugegeben, als Malermodell gearbeitet zu haben.

Unter den Giesinger Brauern waren die Sitten strenger als in Schwabing. Es gab zwar Gerüchte, aber Melchior und sie hatten sich angewöhnt, diese einfach zu ignorieren und sich höchstens ein verstohlenes Lächeln zu gönnen, wenn das Gespräch darauf kam.

Prinz Ludwig, der «Millibauer», war die Uniform sichtlich nicht gewöhnt, und er trug sie nur, weil der offizielle Anlass es erforderte. Unter dem Mantel spannte sich ein Bierbauch. Er trat jetzt an die zweite Kutsche, um seiner Frau aus dem Wagen zu helfen. Die «Topfenresl» war eine ältere Dame, auf deren künstlich aufgetürmten grauen Locken ein Hut mit einer Feder thronte. Sie trug ein dunkles Kleid mit Spitzenkragen, doch wenn das nicht gewesen wäre, hätte man sie tatsächlich für eine ergebene Hausfrau halten können.

Die meisten Menschen bewunderten zweifellos das Prinzenpaar. Mit seinem Schnauzbart und der strammen Uniform, neben ihm die junge dunkelhaarige Prinzessin Marie Gabriele, war Rupprecht am ehesten die Verkörperung eines königlichen Prinzen. Und dennoch fiel es Antonia schwer, die Bewunderung nachzuvollziehen. Sie hatte trotz ihrer Jugend schon zu vieles erlebt. Äußerlichkeiten wie Geld oder Einfluss machten die Menschen nicht aus. Wie um diese Gedanken zu bestätigen, schnaubte Bella ungeduldig und wandte den Kopf ab. Die Natur kannte keine Könige. Der ganze Auftritt kam Antonia seltsam aus der Zeit gefallen vor – hier die altmodische Pracht, drüben die funkelnden Karussells des neuen Jahrhunderts.

Die königliche Familie schritt in Formation auf das Zelt zu, zu dem einige wenige Holzstufen hinaufführten. Antonia wusste, dass auf der der Rennbahn zugewandten Seite eine große Holztreppe hinabführte. So konnte man das Rennen von oben beobachten und danach zur Siegerehrung hinabschreiten.

Uniformen und Festtagskleider glänzten in der Sonne. Dann schloss sich der Kreis der Beobachter hinter dem Tross, und der Hauch der Weltpolitik war verschwunden.

Andächtig sah Mina ihnen nach. Antonia strich ihr liebevoll übers Haar. Je mehr echte Prinzen du kennenlernst, dachte sie, desto mehr wirst du feststellen, dass in ihnen auch nur Frösche stecken, wenn du sie erst einmal an die Wand geworfen hast. Sie unterdrückte das verstohlene Lächeln. Auf einmal kam ihr eine Idee. «Na komm», sagte sie. «Ich zeige dir ein moderneres Märchenland.»

Der große Platz wurde leerer und leerer, und sie konnten die Wache sehen, vor der ein einzelner Gendarm Posten schob und gelangweilt die sich zerstreuende Menge beobachtete. Wir sollten hier weg, ehe er sich fragt, was wir mit dem Pferd hier machen, dachte Antonia. Sie wusste, dass Hugo Haase, der berühmte Schausteller, seit einiger Zeit seine Karussells hier auf der Wiesn stehen hatte. Wunderwerke der Technik, für die er sogar eine eigene Generatorstation errichtet hatte. In der Zeitung war die Rede von einem neuen Stufenkarussell gewesen.

Als Mina vor dem Karussell stand, blieb sie mit aufgerissenen Augen stehen. Der kreisrunde Holzbau war über umlaufende Stufen zugänglich. Gold, Silber und schrille Farben überboten sich an der Fassade. Überall waren farbige Glühbirnen befestigt, die abends das Wunderwerk in ein feenhaftes Licht tauchen mussten. Auf drei Ebenen drehten sich Plattformen mit hölzernen Pferden, Schwänen und Kamelen, und dazu spielte eine unsichtbare Orgel einen flotten Walzer.

«Wo kommt die Musik her?», hauchte Mina und schaute sich um, als erwarte sie einen bösen Zauberer um die Ecke kommen.

«Das ist ein Orchestrion – ein Automat», erwiderte Antonia. «Im Grunde nichts anderes als eine Spieluhr oder eine Drehorgel, nur etwas größer. Und sie wird nicht mehr von Hand gekurbelt.»

Atemlos blickte Mina auf die prunkvollen Darstellungen: vergoldetes Zaumzeug und Sättel, buntbemalte Figuren an der Mittelsäule, Spiegel, die im Sonnenlicht funkelten. Wie Edelsteine in einer verwunschenen Höhle warfen die Glühbirnen das Licht zurück, ließen es in gleißenden Reflexen auf den vorbeirasenden Menschen aufblitzen. Bilder von Feen und Zauberern waren zu sehen, aber auch phantastische Schiffe, die über einen strahlend blauen Himmel schwebten oder tief ins Innere des Ozeans tauchten, wo in unter Wasser liegenden Höhlen Perlen und Diamanten funkelten. Das Dach, das von außen buntbemalt war, war auf der Unterseite mit einem blauen, mit Perlen bestickten Samthimmel verkleidet.

«Meine Eltern hätten Angst davor», gab Mina zu. Und auch sie selbst beäugte das Wunderwerk mit einigem Misstrauen.

«Meine auch. Technik verändert die Welt», sagte Antonia. «Es ist einfacher, anzunehmen, dass Gott alles lenkt, als Naturgesetze zu erforschen.» Ihre ganze Kindheit hatte sie davon geträumt, aus dieser Enge auszubrechen, in der alles streng hierarchisch geordnet war: oben Gott, dann der Pfarrer, der Lehrer, die Männer, und irgendwann die Frauen. Die Naturgesetze gaben ihr das Gefühl von Gerechtigkeit, sie galten für den Pfarrer genauso wie für ein Mädchen.

Mina blickte zu ihr auf. «Und Sie mögen es, wenn Geheimnisse aufgedeckt werden?»

Antonia zuckte die Schultern. «Technik hilft, die Welt zu verstehen. Das kann alte Hierarchien ins

Wanken bringen, aber es eröffnet auch neue Möglichkeiten. Und so wie sie die alten Geheimnisse entschlüsselt, verzaubert sie die Welt auch wieder. Also – wie wär's mit einer Runde?»

Sie kaufte ein Billett, aber Mina zögerte.

«Die Leute sind alle so elegant.»

Tatsächlich war das Publikum vornehm gekleidet, was ein wenig im Widerspruch zum Kreischen und Johlen stand, mit dem die Leute sich im Kreis wirbeln ließen. Die eine oder andere Dame kümmerte sich nicht einmal darum, dass ihre Röcke flogen.

«Und wenn schon. Hinauf mit dir! Ich passe auf Bella auf.»

Mina nahm das Billett und stieg schüchtern die Stufen hinauf. Das Karussell war stehen geblieben, und zögernd wagte sie sich auf die Plattform. Unschlüssig stand sie zwischen den bunten Pferden und Schwänen, während die aus- und einsteigenden Leute um sie herumwogten, und wusste gar nicht, wo sie zuerst hinsehen sollte. Die Erwachsenen schienen überrascht, weil sie allein war, aber dann nahm eine Dame sie sogar bei der Hand und half ihr, sich zu orientieren. Mina entschied sich für einen Schwan, zwischen dessen Flügeln sich eine kleine Gondel mit roten und golden verzierten Sitzen befand. Vorsichtig streichelte sie den lackierten Kopf und strahlte Antonia an.

Sie musste sich wie im Märchen fühlen. Antonia

erinnerte sich an das wohlige Kribbeln, das Kreisen und Wirbeln in ihrem Kopf, als sie zum ersten Mal Karussell gefahren war. Wenn es in die Kurven ging, hatte Melchior die Gelegenheit genutzt, den Arm um sie zu legen, und sie hatte sich lachend an ihm festgehalten. Böse Zungen hätten gesagt, sie umarmten sich schamlos in aller Öffentlichkeit. Aber im Karussell waren Dinge möglich, die im normalen Leben undenkbar waren. Es war eine Märchenwelt, so oder so.

Die Dame hatte auf einem Pferd ganz in der Nähe Platz genommen. Auch ein paar elegant gekleidete Herren hatten sich scherzend auf Pferden und sogar einem Kamel niedergelassen. Der Diener sammelte die Billetts ein, dann tönte die Glocke, und es ging los.

Im ersten Moment klammerte sich Mina erschrocken fest, als sich der Schwan samt der Plattform unter ihren Füßen in Bewegung setzte. Erst langsam, dann immer schneller, als wollte er anfangen zu fliegen, als bewegte er schon die Schwingen, um sich gleich mit ihr in die Luft zu erheben, auf eine Reise durch Raum und Zeit. Aber dann wagte sie einen Blick, und als sie das dritte Mal an Antonia vorbeischwebte, winkte sie ihr sogar zu.

Lachend winkte Antonia zurück. Einer der Herren zwinkerte ihr von seinem Holzpferd aus zu, ein sehr schlanker, hohlwangiger junger Mann mit dem Charme eines verwunschenen Schlossgeistes, aber schon war er vorbei. Nachdenklich beobachtete Antonia die vorbeifliegenden Menschen, die flatternden Säume und lachenden Gesichter. Die Musik war hier direkt unter dem Dach fast ohrenbetäubend laut, und das Kreischen der Fahrgäste mischte sich hinein. Der elegante Herr segelte wieder vorbei und warf ihr erneut einen Blick zu. Antonia lächelte. Das war ein Märchenland, eine andere Welt, hier war alles erlaubt, und nichts hatte irgendwelche Folgen in der Welt, in der sie lebten. Ein klein wenig genoss sie das harmlose Zwinkern sogar. Sie würde nur zusehen müssen, dass er ihr nachher nicht hinterherkam.

Bella verfolgte das blinkende, sich drehende, dröhnende Wunderwerk aufmerksam. Mina winkte ihr immer wieder zu, und einmal schnaubte das Tier sogar und schüttelte den Kopf. Antonia lächelte. Das Mädchen auf dem funkelnden Zauberding, das immer wieder verschwand, um dann wieder aufzutauchen, war für das Pferd sichtlich interessanter als der königliche Pomp und das Eindruck gebietende Zeremoniell vorhin.

Die Fahrt verlangsamte sich, die Podeste kamen allmählich zum Stehen. Mit roten Wangen kletterte Mina heraus und rannte Antonia entgegen.

«Das war wie in einem Märchen!», rief sie.

«Ja, und es ist die Zukunft», erwiderte sie lachend.

«Wer weiß schon, wie lange wir noch von Königen regiert werden, aber das hier wird es noch in hundert Jahren geben.» Sonderbar, wie die Technik zur geheimen Pforte in eine Welt der Träume geworden war. Das Karussell war das Zauberreich der Zukunft. Ein Märchenland aus Messingzahnrädern, Stromkabeln, Walzen und Bolzen, aus Sperrholzplatten, Samt und Farbe.

«Am liebsten würde ich hier nie wieder weggehen!», rief Mina.

Antonia fuhr ihr durchs Haar. «Das haben Märchenländer so an sich. Sie sind verlockend und halten einen fest, wie die magischen Zauberberge in Sagen und Legenden. Und wenn man es am Ende doch wieder ans Tageslicht schafft, sind Jahre vergangen, obwohl man dachte, dass man nur einen Tag weg war. – Es wird Zeit.» Sie würde Mina hinausbringen, dann wäre sie zurück am Königszelt, kurz nachdem das Rennen begonnen hatte. Nun würde sich Melchior doch Sorgen machen. Aber nicht lange.

Sie wollten den Weg zum Südausgang nehmen, als auf einmal jemand brüllte: «Diebe!»

Mina blickte kalkweiß zu ihr auf. In die Menschen war Bewegung gekommen. Aber niemand sah sie an. Antonia entwich ein Stoßseufzer. Weiter hinten hatte offenbar ein Taschendieb sein Unwesen getrieben. Ein wütender Bürger mit Uhrenkette und Gamsbarthut fegte wie der rächende Erzengel Michael durch die Menge und verfolgte ihn.

«Haltet den Dieb!», kreischte er und fauchte wie eine Dampflokomotive.

Aufatmend sahen sich Mina und Antonia an.

Acht

Ein paar Mutige nahmen die Verfolgung des Taschendiebs auf. Offenbar hatte er die Richtung zu Antonia und Mina eingeschlagen, denn auf einmal kam Bewegung in die Menge. Jemand rannte auf sie zu – ein straßenköterblonder hagerer Bengel, vielleicht sechzehn Jahre alt, in abgerissenen Kleidern. Er rannte in Bella hinein, die scheute und schnaubte. Hastig fand er sein Gleichgewicht wieder und schubste Mina zur Seite, um an ihnen vorbei zum Ausgang zu gelangen. Er hinterließ einen Geruch nach ungewaschenen Kleidern und Alkohol.

«He!» Mina rieb sich den Arm, wo er sie unsanft gestoßen hatte.

Antonia griff wieder nach Bellas Strick. «Nun komm, wir sollten hier weg.» Sie gingen ein paar Schritte, und sie beobachtete Mina, die sich immer wieder nach dem Karussell umdrehte. «Und du?», fragte sie. «Wie würdest du später gerne leben?»

Überrascht blickte Mina auf. «Ich weiß nicht», erwiderte sie zögernd. «Bei uns draußen gibt es nicht viel.»

«Irgendetwas musst du doch mögen. Komm schon, verrate es mir! Wenn eine gute Fee käme und dir einen Wunsch für die Zukunft freigäbe – was würdest du sagen?»

Ein schüchternes Lächeln erschien auf Minas Gesicht. «Pferde», erwiderte sie. «Ich würde gern welche züchten. Haben Sie mal Norikerfohlen gesehen? Wenn ich Geld hätte, hätte ich später einen Hof, mit ganz vielen Pferden. Die würde ich dann an Brauereien verkaufen. Aber nicht an solche wie Hopf.»

Wie zur Bestätigung hustete Bella. Es klang hohl, ein trockener, harter Husten, der ihre mageren Flanken erschütterte. Mina wandte sich ihr zu und legte ihr die Hand auf den Hals. Es war förmlich zu sehen, wie sie mit ihrem Pferd litt, wie es ihr wehtat, es leiden zu sehen.

«Ist des Eana Pferd?», fragte jemand.

Mina fuhr zusammen, und Antonia legte die Hand auf ihre Schulter. Der Mann, der sich ihnen in den Weg gestellt hatte, sah nicht aus wie ein Gendarm. Eher ein normaler Bürger, im Gehrock und mit einfachen Hosen und Schuhen und einem schlichten Hut. Ein Angestellter oder ein Kleinbürger, dachte sie erleichtert. Sie wollte gerade überlegen, was sie ihm auftischen sollte, da meinte er: «Des is' krank. Des muss in' Stall.»

Vielen Dank, Sie Geschenk an die Menschheit,

dachte Antonia sarkastisch. Auf die Idee wären wir Weibsleute natürlich nie gekommen.

«Genau dort soll es ja gerade hin», erwiderte sie.

«Beeilen S' Eana», meinte er gönnerhaft. «In dem Zustand hätten S' des gar ned erst herbringen dürfen. Sie ham doch auch nix davon, wenn's schlimmer werd.»

Antonia versuchte ein angespanntes Lächeln, um nicht antworten zu müssen. Vermutlich sah es eher aus, wie wenn ein bissiger Wachhund grollend die Zähne bleckte, aber für den Flaneur war es gut genug. Eilig zog sie Bella weiter.

«Es geht eigentlich immer ganz gut weg», erklärte Mina. «Der Husten, meine ich. Aber sie braucht ihren Brei, und man muss sie warm halten.»

«Schon gut.» Antonia blieb stehen, um sich zu orientieren. Sie bemerkte, wie Mina sehnsüchtig nach der Schiffschaukel blickte, die an der Straße zum Ausgang aufgebaut war: ein Gerüst mit blau und weiß bemalten Kähnen, die man zur Musik der Kapelle auf dem Podest daneben schaukeln konnte.

Wenn ich schon wieder irgendwo anhalte, dauert diese Odyssee noch länger. Sie überlegte. Melchior würde sie ohnehin nicht mehr pünktlich erreichen. Aber als sie zum ersten Mal hier gewesen war, hatte sie gespürt, wie es war, wirklich zu leben. Ein Glück zu fühlen, das einen atemlos machte. Das die Grenzen ihrer sorgsam zurechtgestutzten Gefühle sprengte, wie ihr Freund Franz Stuck es einmal ausgedrückt hatte. Dieser Tag war vielleicht die einzige Möglichkeit in Minas Leben, so ein Gefühl je zu erfahren.

«Ich bin spät dran», meinte sie. «Aber gut. Der Ausgang ist ja gleich da vorn.»

Sie liefen zu dem Metallgerüst. Manche jungen Männer schafften es, so viel Schwung aufzubringen, dass sie sich überschlugen. Einer hatte sein Mädchen mit im Boot sitzen, das sich kreischend am Rand des Kahns festklammerte. Antonia kaufte ein Billett, und Mina band Bellas Strick um einen Holzpfosten.

Sie stieg in die Schaukel, erst vorsichtig. Aufmerksam beobachtete sie, wie die anderen es schafften, ihr Boot zu bewegen. Der Junge mit der Schiebermütze, der sie bediente, schob sie ein wenig an und lächelte ihr sogar dabei zu. Sie war das einzige Mädchen, das selbst schaukelte, und die meisten Leute schauten befremdet. Mina ging in die Knie und holte Schwung. Die Schaukel schwang weiter hoch. Strahlend sah sie zu Antonia.

Die lachte und rief: «Genau so!»

Minas Lächeln wurde breiter. Sie ging tiefer in die Knie. In dem kleinen, mageren Kind steckte mehr Kraft, als Antonia erwartet hatte. Die kleinen Händchen klammerten sich um die Eisenstangen, und das ganze Körperchen vibrierte schier vor Tatendrang.

«Ich will auch so schaukeln!», rief ein kleines Mädchen im Matrosenkleidchen, das an der Hand seiner Mutter vorbeikam.

«Das ist nur was für Buben», erwiderte die und wollte weiter, sichtlich in der Hoffnung, bald weniger atmen zu müssen. Ihr Korsett war so eng geschnürt, dass Antonia sich fragte, wie sie überhaupt laufen konnte. Oberhalb und unterhalb davon quoll alles heraus wie aufgehender Hefeteig.

«Aber das Mädchen da schaukelt auch!»

Die Frau riskierte einen Blick unter ihrem adretten Hut. «Das ist ein schlechtes Mädchen. Du siehst doch, wie ihre Röcke fliegen, dass man die Beine sieht. Du willst doch kein schlechtes Mädchen sein.»

«Aber das schlechte Mädchen darf schaukeln! Mama, ich will auch ein schlechtes Mädchen sein!»

Antonia lachte verstohlen. Die Dame zerrte ihre Tochter weiter, die unversehens in lautes, vollends unziemliches Geheule ausbrach, sich kreischend an ihren Arm hängte und «Will aber!» brüllte.

Minas magere Beinchen hatten eine ungeahnte Kraft. Mit fliegenden Röcken schaukelte sie wilder und wilder und näherte sich immer mehr dem Punkt, wo sie sich überschlagen konnte.

«Halten Sie doch die Schaukel an!», fauchte ein

älterer Herr den Jungen mit der Schiebermütze an. «Man sieht ja die Beine!»

«Schauen Sie halt nicht hin», erwiderte Antonia schnippisch. «Es ist nicht so, dass Sie jemand zwingen würde.»

Der Herr blickte mit gerümpfter Nase in ihre Richtung. Dann justierte er seinen Hut und rauschte davon.

Mina kreischte, und in diesem Moment überschlug sich die Schaukel.

Die Umstehenden applaudierten, nur ein paar Herrschaften echauffierten sich. Aber niemand hörte auf sie.

Mit gerötetem Gesicht sprang Mina Minuten später aus der Schaukel. «Haben Sie gesehen? Haben Sie gesehen, wie ich mich überschlagen habe? Haben Sie?»

«Ja, ja und ja!», erwiderte Antonia lachend. Sie gab ihr Bellas Strick zurück. «Nun komm. Da vorn ist der Ausgang, und ich möchte bei meinem Mann sein, wenn das Rennen beginnt.»

Mit einiger Genugtuung bemerkte sie, wie ein paar Mädchen, von Minas Beispiel ermutigt, nun ebenfalls auf die Schaukeln wollten. Und zwei Mütter gaben auch tatsächlich nach.

Bella hustete wieder, aber insgesamt schien es ihr besser zu gehen. Während Mina schaukelte, hatte Antonia weißen Nougat gekauft, den sie am Stand gegenüber gesehen hatte. «Hier, möchtest du probieren?», fragte sie und reichte ihn ihr. «Magst du Nüsse?»

Türkischer Honig nannten viele auch die Süßspeise, die aus Zucker, Nüssen und Eischnee zubereitet wurde und die es hier nur zum Oktoberfest gab. Weich und klebrig haftete es an den Zähnen, ließ sich auseinanderziehen, schmeichelte sich an die Zunge, und hin und wieder stemmte sich eine Nuss mit ihrem zuckersüßen Aroma dazwischen. Ganz plötzlich war die Erinnerung an das erste Mal gekommen, als sie selbst weißen Nougat probiert hatte – genau hier, vor drei Jahren.

Es war ein wunderschöner Abend gewesen, mild, voller Düfte. Die Sonne war untergegangen, und Tausende Lichter strahlten. Der Vorabend einer neuen Zeit, die Dämmerung eines Jahrhunderts, das in der Geschichte beispiellose Veränderungen gebracht hatte. Während das Riesenrad sie hoch über den Festplatz getragen hatte, hatten Melchior und sie über ihre Hoffnungen und Wünsche für das neue Jahrhundert gesprochen: er über wissenschaftliche Entdeckungen, die die Welt verändern würden, sie, dass Frauen endlich daran teilhaben könnten. Sie waren allein in der Gondel gesessen, und so hatten sie im Halbdunkel Gelegenheit zu einigen Dingen gehabt, die in Gegenwart anderer unziemlich gewesen wären. Melchiors Hände und

Lippen dort, wo sie in Gesellschaft nicht hingehörten, Worte, die sonst nicht gesagt wurden. Dazu der süße Geschmack des Nougats … Es waren wunderschöne Minuten gewesen, vor aller Augen und doch ganz allein, hoch über dem Lichtermeer, das die Technik geschaffen hatte – Technik, die hier mehr denn je zur gewieftesten Verbündeten der Romantik geworden war.

«Frau Bruckner?»

Antonia schreckte aus ihren Erinnerungen hoch. «Entschuldige, Mina. Was ist denn?»

Mina war stehen geblieben. «Da vorn – die vielen Gendarmen. Kommen wir da raus?»

Antonia blickte in die angegebene Richtung. Am Ausgang standen mehrere Gendarmen und trieben brüllend die Leute zusammen. Immer wieder besahen sie sich auch die Passanten genau, die herein- oder hinauswollten. «Der Taschendieb von vorhin!», rief Antonia.

Und offenbar war er nicht der einzige: Die Gendarmen schickten sich gerade an, eine ganze Bande auszuheben.

«Vielleicht achten sie nicht auf uns», meinte Mina.

Antonia überlegte. Sie konnten es riskieren. Eine elegante Frau und ein Mädchen würden sie doch nicht verdächtigen.

Aber Bella. Das Pferd, das nicht so aussah, als würde es einer Frau wie ihr gehören. Keine Frau, die sich ein solches Kleid leisten konnte, hätte ein Brauereipferd selbst nach Hause geführt. Und es war schon so viel Zeit vergangen. Hopf musste den Verlust längst bemerkt und gemeldet haben. Sie würden jetzt aufmerksam sein.

Antonia presste die Lippen zusammen. «Es ist zu gefährlich. Wir gehen zum südwestlichen Ausgang. Im Osten sind viele Leute aus Giesing, und das hier wird noch dauern. Aber wenn wir Glück haben, ist jetzt an der Polizeiwache weniger los. Dann können wir an der Rennbahn vorbei.»

Und das Rennen, dachte sie mit einem besorgten Blick, würde genau jetzt beginnen. Das bedeutete, dass niemand besonders auf sie achten würde. Aber auch, dass sie Melchior zum ersten Mal versetzte.

Melchior zog die Taschenuhr aus seiner Weste und blickte nachdenklich auf das Perlmuttzifferblatt. Es sah ihr nicht ähnlich, sich zu verspäten.

Seine hellen Augen schweiften über den Platz. Die Pferde hatten längst ihre Plätze an der Startlinie eingenommen. Noch war das Band gespannt, das sie zurückhielt, aber sie schnaubten und stampften bereits unruhig. Er warf einen Blick zum Baldachin. Der Prinzregent und seine Familie hatten sich eingerichtet und saßen auf ihren Plätzen.

Prinzregent Luitpold im Zentrum, daneben sein Sohn Ludwig und dann dessen Frau und die erwachsenen Kinder. Auch die anderen Auserlesenen, die Anspruch auf einen Platz im Königszelt hatten, fanden sich nach und nach auf der Längsseite ein, wo man hinab auf die Rennbahn sehen konnte. Langsam steckte Melchior die Uhr zurück in die Westentasche.

«Kommt Eana Frau ned?», fragte Alfons Gschwendtner, der eine kleine Brauerei flussaufwärts hatte. Er hatte sich mitsamt seinem Bier neben ihn gestellt und blickte nach unten, scheinbar interessiert am Rennen, in Wahrheit aber gespannt wie das Startseil auf Tratsch. Wie die meisten hier trug er den eleganten Gehrock und gestreifte Hosen. Seine Frau, die ihre Weichteile in ein hochgeschlossenes schwarzes Kostüm mit langem Rock gezwängt hatte, stand mit einigen anderen Damen weiter hinten. Antonia wäre in ihrem hellen Kleid unter ihnen aufgefallen.

«Doch, doch.» Melchior runzelte die Stirn. «Es muss sie etwas aufgehalten haben.»

«Vielleicht hat's ja jemand troffen. War die ned Modell?»

Melchior hob die Brauen. «Wie bitte?»

Gschwendtner verzog den Mundwinkel, als seine Neugierde nicht befriedigt wurde. Er hatte durchaus bemerkt, dass seine Frage nicht beantwortet worden war, traute sich aber offenbar nicht, nachzuhaken, was an den Gerüchten um Antonias Vergangenheit als Malermodell dran war. «Mei», grantelte er. «Das müssen Sie wissen, wie viel Freiheit Eana Frau vertragt.»

Melchior verdrehte die Augen. Das durfte er sich regelmäßig anhören, wenn Antonia die luftigen Reformkleider trug, statt sich wie die anderen Brauersgattinnen in ein strenges Korsett zu quetschen, wenn sie einen Badeanzug trug, dessen Rock kürzer war als der der anderen Frauen, wenn sie allein nach Schwabing fuhr, um Freunde zu besuchen, oder auch nur eine neue Frisur trug. Dabei sah sie hinreißend aus in diesen Kleidern, und die Gewissheit, dass sie keine Druckstellen von zu straff geschnürten Korsetts auf der nackten Haut bekam, machte es noch hinreißender.

«Sie werden die Zügel schon auch noch fester anziehen», meinte Gschwendtner gönnerhaft und klopfte Melchior mit seiner Pranke auf die Schulter.

«Zweifellos, sollte ich je vorhaben, meine Frau eine Bierkutsche ziehen zu lassen», erwiderte Melchior ironisch. «Aber solange ich sie als meine Lebenspartnerin betrachte, die ich liebe und achte, so wie ich es – wenn ich mich recht erinnere – vor einem Altar geschworen habe, so lange plane ich nicht, mich damit lächerlich zu machen.»

«‹Wenn du zum Weibe gehst, vergiss die Peitsche nicht›, hat der oide Nietzsche g'sagt», zitierte Gschwendter grinsend.

«Richtig», erwiderte Melchior in dem ironischen Ton, der maßgeblich zu seinem zweifelhaften Ruf beigetragen hatte. «Aber wissen Sie auch, wozu er die Peitsche brauchte? Es gibt da eine hübsche Fotografie, da ist Nietzsche vor einen Wagen gespannt, auf dem eine junge Dame mit der besagten Geißel in der Hand sitzt. Offenbar hat er sie nicht nur nicht vergessen, sondern der Dame auch gleich brav in die Hand gedrückt. Also, wenn Sie so ein Nietzscheaner sind, dann sollten Sie nachher vielleicht selbst Ihren Bierwagen ziehen.» Und damit hob er spöttisch den linken Mundwinkel und die rechte Braue, wie um den teuflischen Eindruck zu unterstreichen.

Endlich. Gschwendtner rückte mit einem «Öha!» die straff gespannte Weste über dem Bauch zurecht und entschwand.

Melchiors spöttisches Lächeln verschwand, und er blickte nachdenklich zum Eingang. Kaum noch jemand kam herein oder heraus, die Leute standen noch beieinander oder schlugen an den Tischen die Zeit bis zum Rennen tot. Die Luft war stickig von Hunderten atmenden Menschen, von Bier und Hendl. Er hätte es Gschwendtner niemals merken lassen, aber allmählich machte er sich Sorgen. Was konnte Antonia aufgehalten haben, das so wichtig war?

Unwillkürlich blickte er über die Schulter, ob noch mehr Bekannte seine Frau vermissen würden: Er erkannte den Rektor der Universität, aber der war in ein Gespräch mit einem hochrangigen Militär verwickelt, zumindest wenn man nach der Uniform der Schwere-Reiter-Kavallerie ging, die der ältere Mann trug. Einige adlige Damen, die er vom Sehen kannte und die nur zu besonderen Anlässen von ihren Landschlösschen herkamen. Der Bürgermeister, und natürlich einige Kollegen. Nur Frau Strauss stand gerade allein – und bemerkte ihn. Josephine Strauss, deren Sohn Richard längst ein angesehener Musiker war, stammte aus der Familie Pschorr, einer der reichsten Brauereidynastien der Stadt. Sie war alt geworden, dachte er, inzwischen deutlich über sechzig. Aber noch immer waren ihre kleinen Augen wach und durchsetzungsstark. Sie trug eine gefältelte Bluse und ein schwarzes Kostüm, und auf das graue Haar hatte sie eine Haube mit passendem weißem Faltensaum gesetzt. Und prompt kam sie herüber.

«Ihre Gattin ist doch nicht unpässlich?», erkundigte sie sich besorgt, als sie ihn allein entdeckte.

Melchior lächelte kurz. «Sie wurde nur aufgehalten.»

«Bei einem jung verheirateten Paar weiß man ja

nie», bemäntelte Frau Strauss dezent die Frage, ob Antonia in anderen Umständen sei. Sie lächelte das verschmitzte Lächeln, das es ihr, seit sie vor langer Zeit einen einfachen Musiker geheiratet hatte, ermöglichte, nahtlos zwischen Künstler- und Brauerkreisen hin- und herzuwechseln. «Das Ehejoch scheint Ihnen zu bekommen. Sie sehen besser aus denn je, wenn eine alte Frau Ihnen das sagen darf. Ihre Gattin ist also wohlauf?»

Das Signal ertönte, das die Zuschauer zum Beginn des Rennens rief. Die Menschen im Königszelt strömten zur Längsseite, wo mehrere von einem Baldachin überdachte Stufen hinunter auf das sandige Oval führten. Auch Melchior bot der alten Dame den Arm, und sie traten an den Rand des Zeltes, wo man die Bespannung hochgerafft hatte, um den Blick auf die Rennbahn freizugeben, und ein starker Geruch nach Pferden wehte zu ihnen herauf. Solange er in Frau Strauss' Gesellschaft war, würde ihn jedenfalls sonst niemand nach Antonia fragen.

«Strahlend wie immer», erwiderte er mit einem Lächeln. «Manchmal ertappe ich mich schon bei dem Gedanken, ob ich nicht ein paar Kabel an sie anschließen und diese Energie nutzbar machen kann.»

«Sie wollen wohl alle Gerüchte über Ihren Teufelspakt noch übertreffen!» Josephine lachte. «Bei

Ihnen muss man wirklich das Mundwerk extra erschlagen!»

Melchior hob eine Braue und lächelte verstohlen. Er mochte die alte Frau und wusste, dass das auf Gegenseitigkeit beruhte. «Notwehr. Der eine oder andere hier ist derart entschlossen, mich mit Tratsch zu langweilen, dass mir gar nichts anderes übrigbleibt.»

«Hören Sie nicht darauf. Ich kann mir schon vorstellen, was die Leute reden. Antonias einfache Herkunft, und ob das gutgehen kann, wenn erst einmal der Zauber des Verliebtseins weg ist. Ob nicht irgendwann die guten alten Schwabinger Zeiten rufen werden und sie mit irgendeinem Künstler durchbrennt. Ich sage Ihnen ganz ehrlich, Liebe ist keine Garantie, dass eine Ehe ein Leben lang glücklich bleibt. Aber Geld noch viel weniger.»

Melchior hob die Brauen. «Oh, es war zweifellos eine Dummheit, sie zu heiraten. Aber wenn, wie Aristoteles sagt, das Ziel allen menschlichen Strebens letztlich Glück ist, dann ist diese Dummheit das philosophisch Vernünftigste, was ich je getan habe.» Denn jedes atmende Wesen strebte nach Verwirklichung seiner selbst, sagte der Philosoph: der Gelehrte, der nach Erkenntnis suchte, genauso wie der Bauer, der nach Wohlstand jagte. Antonia hatte ihn ermutigt, seinen Traum vom Studium zu verfolgen. Ehe er ihr begegnet war, hatte Melchior sich unendlich weit von seinem wahren Selbst entfernt gefühlt. Er konnte sich noch gut an die Zeit erinnern, als er seine Langeweile zu einer Kunst kultiviert hatte. Als die Welt für ihn ein luftleerer Raum gewesen war, ohne Stimme, in dem jede Idee, jede Wärme verflog, ehe sie geboren war.

Er ertappte sich dabei, sich nicht umzusehen, um zu vermeiden, dass ihn noch mehr Bekannte nach seiner Frau fragten. Unten machte man gerade das erste Rennen startbereit: Das Band war vor die schnaubenden Tiere gespannt, die Reiter saßen nach vorn geduckt in den Sätteln.

Der Rennleiter trat mit einer Pistole an die Seite. Dann gab er den Startschuss ab.

Die Leine fiel, und die Tiere donnerten los. Sonst liebte Antonia das Rennen. Sie beobachtete gern edle Pferde, und es gefiel ihr, wenn sie über die Bahn rasten. Die letzten beiden Jahre hatte sie neben ihm gestanden. Unter ihrem Hut hatten ihre Augen geblitzt, und ihre helle Haut war leicht gerötet. Mit ihren dunklen Locken und der schlanken, weiblichen Figur zog sie die Blicke auf sich, und er war nicht der einzige Mann, dessen Augen immer wieder zu ihr schweiften. Wenn sie jubelnd mit den behandschuhten Händen klatschte und ihm um den Hals fiel, war er stolz und glücklich.

Sonderbar, dass sie es sich dieses Mal entgehen ließ. Was konnte ihr wichtiger sein?

Neun

Der Weg zur Rennbahn war nun frei, und es waren tatsächlich viel weniger Leute unterwegs als noch vorhin. Antonia und Mina gelangten unbehelligt bis zur Bande. Die Fahnen wehten im leichten Wind, und sie spürten die Spannung, die in der Luft hing. Unwillkürlich reckte Antonia sich ein wenig, als das Donnern der vorbeirasenden Hufe das Feld verriet. Sie warf einen Blick zum Königszelt, wo Melchior sicher schon ungeduldig wartete. Zu gern hätte sie jetzt an seiner Seite das Rennen verfolgt. Aber hier war ein anderes Pferd, krank, hilflos und allein, das niemanden hatte als ein kleines Mädchen. Bella war nicht annähernd so schön und so edel wie die Tiere, die hier über die Bahn rasten, aber das Dasein bei Hopf hatte sie nicht verdient. Verloren zu sein in einem kalten, feindlichen Universum, in dem sie ihr Recht zu leben jeden Tag mühsam erkaufen musste. Antonia beobachtete, wie Bellas dicke helle Mähne neben dem Kind eifrig nickte, bereit, ihr überallhin zu folgen, einfach nur grenzenlos dankbar. Ein Streifen

Sonnenlicht fiel auf das Fell und vergoldete es, und gerade jetzt schnaubte sie der Kleinen in den Nacken. Mina lachte und legte die Hand um Bellas Hals. Nein, sie tat das Richtige.

«Ist Ihr Mann da oben?», fragte Mina schuldbewusst, als könne sie ihre Gedanken lesen.

Antonia bejahte. Aber das Rennen gab es jedes Jahr, und Melchior konnte sie später alles erklären.

«Wegen mir sind Sie jetzt nicht bei ihm. Sie sehen so schön aus, er hätte sich sicher gefreut, Sie bei sich zu haben.»

«Lass nur», meinte Antonia. Von hier aus konnte sie die Tribüne nicht sehen, aber sie wusste, wie sich die Leute dort in ihren strengen dunklen Gewändern drängten, vielleicht ein Glas Wein oder Bier in der Hand, steif und mit so geraden Rücken, als hätte man sie an Eisenstangen festgezurrt. Wie sie alle mit denselben guten Manieren aßen und Konversation betrieben. «Vermutlich hätte ich die ganze Zeit nur an das gedacht, was ich ihm sagen muss. Aber das wäre wegen der vielen Leute nicht gegangen, und deshalb hätte ich womöglich gar nichts gesagt. Vielleicht wäre ich dieses Mal keine gute Gesellschaft gewesen.»

«Wieso, was müssen Sie ihm denn sagen?»

Antonia blickte zur Seite, wo eine Küchelbäckerei den süßen Duft nach Schmalz und Hefeteig verbreitete. Eigentlich ging es Mina nichts an, aber was konnte die Kleine schon verraten? Heute Abend wäre sie wieder in Wolfratshausen, und alles wäre vergessen. Außerdem war es ja kein großes Geheimnis, und über kurz oder lang würden es ohnehin alle wissen. «Ich bekomme noch ein Kind», sagte sie.

Mina blickte sie von unten schief an. «Oje.»

Antonia musste lachen. «Oje?»

«Das sagt meine Mutter immer, wenn sie wieder schwanger ist.»

Das war einer der Gründe gewesen, warum Antonia auf dem Land nicht hatte bleiben wollen. Dort leisteten die Frauen harte Feldarbeit bis zur Geburt, und auch danach gab es kaum Schonung. Sobald das eine Kind von der Brust war, kündigte sich das nächste an. Auf den Dorffriedhöfen, an Hügeln gelegen hinter verschwiegenen Kapellen mit Zwiebeltürmen, neigten sich die Trauerweiden über viel zu viele verwitternde Grabsteine, auf denen viel zu kurze Lebenszeiten zu lesen waren. So viele Gräber junger Frauen, so viele Kinder, die dort am Wochenende Blumen auf das Grab einer Mutter legten, die sie nie gekannt hatten. So viele welkende Blumen, die ihren letzten Duft verströmten, abgeschnitten aus dem Leben, ehe es richtig begonnen hatte. Silberdisteln am Wegrand, Jahr für Jahr, während die Düfte im Jahreslauf wechselten: erst Weißdorn, dann Flieder, später Heu und spät im Jahr dann Herbstäpfel, immer wieder von Neuem. Vielleicht steckte das noch tiefer in ihr, als sie gedacht hatte, wie sehr sie auch geschont und umhegt wurde. Selbst von der alten Franziska Bruckner, obwohl die das natürlich nicht einmal ihrem Beichtvater gegenüber zugegeben hätte. «Das ist es nicht», erwiderte Antonia. «Ich freue mich auf das Kind.»

«Aber warum sagen Sie es ihm dann nicht? Wenn Sie sich freuen und keine Angst haben müssen, dann ist doch eigentlich alles gut», meinte Mina.

Ja, warum nicht? Weil zu viele Leute um sie herum waren und sie gern ein paar Stunden mit Melchior allein gehabt hätte? Antonia zuckte die Schultern. «Du hast recht. Hier in der Stadt wird man unter eine Glasglocke gestellt, wenn man schwanger ist. Vielleicht ist mir das nur unheimlich. Im Frühjahr wollten wir eine Reise nach England unternehmen, aber nun wird wohl nichts daraus.»

Bei dem Wort «Reise» hatte Mina andächtig zu ihr aufgesehen. «England», wiederholte das Mädchen ehrfürchtig. «Wie ist es da?»

«Man fährt übers Meer. Wenn man ankommt, sieht man Klippen aus weißen Kreidefelsen. Das Land ist grün, und im Süden wachsen sogar Palmen. London ist eine riesige Stadt, unter einer dicken Glocke von Rauch aus unzähligen Kaminen. Sie scheint nur aus Theatern, Tauben und Arbeitern zu bestehen, aber die Brücke am Tower ist eines der großartigsten Bauwerke der Welt. Eine Dampfmaschine ermöglicht es, sie hochzuklappen, sodass Schiffe durchfahren können.»

Mina klappte der Mund auf.

«Früher konnte ich nie reisen. Es ist ein Gefühl von Freiheit», sagte Antonia nachdenklich. «Als ob man einen Blick in ein anderes Leben werfen könnte.»

«Für mich ist das hier schon eine Reise», sagte Mina beeindruckt. «Ich hab so viel hier gesehen wie in meinem ganzen Leben noch nicht.»

Antonia lächelte ihr zu. Die erste Reise war etwas Unbeschreibliches, das sich mit nichts vergleichen ließ. Man war wacher, bewusster, nahm alles intensiver wahr. Als ob man stärker lebte. Schon der Weg zum Bahnhof in den letzten Nachtstunden, wenn alles noch träumend im Dunkeln lag, die leichte Müdigkeit, wenn dann der Dampf von der Lokomotive her am Fenster vorbeiwehte. Wenn alles Vertraute in der Ferne kleiner und kleiner wurde und die atemlose Erwartung des Fremden von einem Besitz nahm. Sie spürte es noch immer jedes Mal, wenn sie in die Sommerfrische fuhren, nach Italien oder in die Schweiz. Früher hatte sie gar nicht gewusst, dass man solche Gefühle haben konnte.

Sie passierten eine lange Holzwand, die mit Pyramiden und Menschen in langen hellen Gewändern auf Pferden bemalt war. *Ausstellung – Carl Gabriel's Beduinenlager* stand in großen Lettern über dem Eingang, der hinter einer Veranda ins Innere führte. *Seltsame Menschen und Tiergestalten.* Mina blickte hinüber, und ihr Blick folgte der Fassade. «Ich würde auch gern einmal reisen. So richtig weit.»

Antonia blieb stehen. Dieses Mal ist die Wiesn wirklich verhext!, dachte sie. Es ist tatsächlich eine Odyssee oder ein verwunschener Berg. Ich werde hier nie wieder rauskommen. Sie überlegte, dann sagte sie entschlossen: «Eine Reise kann ich dir nicht bieten – aber wie wäre es damit?»

Sie banden Bella draußen an und gaben dem Kassierer ein Trinkgeld, damit er ein Auge auf sie hatte. Dann traten sie durch ein weites Holztor und waren in Ägypten.

Künstliche Pyramiden reckten ihre Sperrholzfassaden in den Himmel. Davor, auf einem weiten, mit Sand aufgeschütteten Platz, waren dunkle Zelte aufgebaut. Frauen in weiten Gewändern hockten davor und brieten ganze Hammel über dem Feuer. Der Duft des fetten Fleisches hing schwer in der Luft. Unter dem Bratspieß hatten sie eine Schüssel mit Reis aufgestellt, sodass das Hammelfett nach und nach hineintropfte. Männer auf Maultieren ritten hin und her. Das Geschirr der Tiere war mit silbernen Nägeln beschlagen, und bunte Decken flatterten unter den Sätteln. Mit offenem Mund starrte Mina auf die dunkelhäutigen jungen Männer, die in hemdartige Gewänder gekleidet waren, mit einem verzierten Schlitz vorn auf der Brust. Fremdartige Laute schwirrten durch die Luft, und es roch nach frisch gegerbtem Leder und unbekannten Gewürzen. Für einen Moment konnte man sich wirklich fühlen wie in einem fernen Land voller Entbehrungen unter einer unbarmherzigen Sonne, die den kargen Boden verbrannte und wie einen glühenden Panzer zum Horizont hin wölbte.

«Das ist ein Fez», sagte Antonia und zeigte auf die roten konischen Hüte mit dem kleinen Wedel, die manche der Reiter auf dem tiefschwarzen Haar trugen. «In Ägypten sollen sie recht beliebt sein.» Sie hatte sie auch noch nie gesehen, aber in Melchiors Bibliothek standen einige Bücher über fremde Länder, in denen sogar hin und wieder eine Fotografie zu sehen war. Im Winter saßen sie dort oft am Kamin und lasen, er seinen geliebten Oscar Wilde oder die neuesten Veröffentlichungen aus der Chemie, sie alles, wozu sie früher nie Zugang gehabt hatte.

Nachdenklich betrachtete sie die Szenerie. Irgendwie kam sie ihr bekannt vor. Sie wirkte wie eine Sammlung verschiedener Lagerszenen aus den Romanen von Karl May. Auf einmal fragte sie sich, ob hier nicht auch von einem geschäftstüchtigen Schausteller eine von gewissen Romanen geprägte Vorstellung bedient wurde. Sie war sich nicht einmal sicher, ob die Beduinen auch wirklich alle echt waren. Ein paar der Männer waren wirklich sehr jung, beinahe noch Kinder, und sie blickten unsicher und ein wenig traurig drein. Wie die armen Bergbauernkinder, dachte sie unwillkürlich, die manchmal für den Sommer von ihren Eltern zum Arbeiten ins Flachland geschickt wurden.

Sie gingen zwischen den Zelten herum und blickten hinein. Kinder spielten im Inneren. Die runden Dächer waren nicht aus Segeltuch gefertigt, sondern aus dunklen Ziegenfellen. Die Frauen trugen Goldschmuck um die Arme, den Hals und in den Ohren, manche hatten auch Münzen in ihre Schleier genäht, die bei jeder Bewegung klimperten. Irgendwie kam sich Antonia vor wie ein Eindringling.

Hin und wieder, wenn die Männer vorbeiritten, wehte der Duft der Maultiere in ihre Richtung.

«Das ist wie eine Reise!», sagte Mina beeindruckt.

«Irgendwie ist es seltsam», meinte Antonia. «Ich meine, hier mitten in München dieses Dorf, während draußen die Bierkutschen vorbeirollen und die Glühlampen am Riesenrad leuchten. Als ob man in einer Menagerie wäre, nur mit Menschen.» Sie musste an das traurige Krokodil von vorhin denken.

«Sind sie denn nicht freiwillig hier?», fragte Mina erschrocken.

Antonia zuckte die Schultern. «Ich weiß es nicht. Diese Völkerschauen sind in Mode. Wo sich Geld verdienen lässt, werden die Leute skrupellos.»

Beim Hinausgehen warf Antonia einen nervösen Blick in Richtung der Stadt, wo die Kirchtürme zu weit entfernt waren, als dass sie die Uhrzeit hätte ablesen können. Es musste längst drei Uhr sein. Hoffentlich schaffte sie es wenigstens bis zum Termin mit Linde.

Bella stieß ein kleines, erleichtertes Wiehern aus, als sie kamen, um sie abzuholen. Ein Mann stand bei ihr.

Mina und Antonia tauschten einen erschrockenen Blick. Dann sah Antonia noch einmal hin und seufzte erleichtert. Der Mann sah nicht aus wie ein Gendarm: ein bleicher, sehr gepflegter Herr von etwa vierzig Jahren, mit dunklen Locken im Anzug und mit Zylinder. Dunkle Ringe unter den Augen gaben ihm einen vergeistigten Ausdruck. Aber vielleicht war auch der gestrige Abend schuld. Nicht alle Trinker gaben sich wie die vorhin in der Bierhalle, manche verbrämten ihr Laster auch mit einem philosophischen Äußeren. Bei ihm stand eine unscheinbare, deutlich kleinere Frau im schlichten Kleid, die auf einen Jungen von vielleicht vier

Jahren aufpasste. Begeistert streichelte der Kleine Bellas Fell.

«Oh, sieh an, Oskar, da kommt ja die Dame, der das Pferd gehört!», rief er ein wenig zu überschwänglich, als Mina und Antonia sich näherten. Er küsste ihr die Hand und schenkte ihr einen hohläugigen Blick. «Doktor Drohn, wenn Sie gestatten. Ich bin Arzt, in der Schwanthalerstraße, nicht weit von hier. Zu meinen Patienten zählen zahlreiche angesehene und berühmte Herrschaften – meine Familie», meinte er gönnerhaft, nachdem er Antonias Blick zu der Frau bemerkt hatte.

Antonia nickte seinem Ehegespons zu, dessen Namen zu erwähnen ihr Gatte offenbar für überflüssig hielt, und reichte dem Kleinen, der artig herbeikam, die Hand.

«Und Sie sind …?»

«… nicht aus der Schwanthalerstraße», ergänzte Antonia.

«Oh. Geheimnisvoll.» Da Antonia dazu nichts sagte, setzte er hinzu: «Eine Dame wie Sie würde man beim Rennen erwarten.»

Irgendetwas an ihm war Antonia unangenehm. Vielleicht, weil seine Freundlichkeit eine Spur zu ölig war und er sich ein wenig zu nah antichambrierte. Er zeigte auf Bella. «Oder wollen Sie damit an den Start?» Und dann lachte er auch noch laut über seinen eigenen Witz.

«Hm. Sie gestatten.» Beim Versorgen gichtkranker alter Herren mit Colchizin mochte dieser Humor ankommen, doch Antonia war weder gichtkrank noch so alt, dass die Anwesenheit eines Arztes die einzige Abwechslung in ihrem Leben gewesen wäre. Sie schaffte nur ein schiefes Lächeln. Sie löste Bellas Strick und wollte weiter.

«Reiten!», krähte der kleine Oskar.

«Darf er?», fragte Drohn.

Antonia seufzte und sah Mina an. Diese bejahte schüchtern, und er setzte den Kleinen auf den breiten Rücken der geduldigen Stute, die ergeben die tätschelnden Kinderhände und das Strampeln der kleinen Beine über sich ergehen ließ. «Losreiten!», krähte der Kleine und schlug die Beine in die Seiten des Pferdes. Bella spürte das vermutlich nicht einmal richtig, aber Mina tat ihm den Gefallen und führte sie langsam im Kreis.

Unter den vielen fliegenden Händlern war es vielleicht die beste Tarnung, selbst wie einer auszusehen, dachte Antonia. Hier gab es mehrere Bauern mit Reitponys, und an den Ecken boten Wahrsagerinnen kreischend ihre Dienste an. Kinder trugen Körbe mit selbstgefertigtem oder gebrauchtem Spielzeug, und ein paar Männer schnitzten gegen Geld Namen in kleine Holzperlen. Man hätte denken können, dass Mina Karussellreiten anbot. Der Duft von Pferden mischte sich mit dem von heißem Zucker, von gebratenem Fleisch und Honigkuchen. Für einen Moment fühlte Antonia einen plötzlichen Frieden in ihrem Inneren. Die Menschen, die vorbeikamen, lächelten ihnen zu, dachten vielleicht daran, wie sie selbst zum ersten Mal auf einem Pferd hatten reiten dürfen. Kinder zerrten an den Händen ihrer Mütter, und die Musik, die irgendwoher aus einer Bierhalle kam, war unbeschwert. Die Kinder hier würden sich einmal gern an diese Zeit erinnern, dachte sie. Anders als sie selbst, für die Kindheit nur Arbeit, Entbehrungen und Unterdrückung der elementarsten Gefühle bedeutet hatte. Unwillkürlich legte sie die Hand auf ihren Bauch. Wenn es ein Mädchen war, würde es eine bessere Jugend haben als sie selbst.

Bella trottete ruhig im Kreis, und ihre Blütenblätterohren wirkten weniger durchscheinend. Sie hatte sie interessiert gespitzt, als wollte sie auf das Kind hören, das den kleinen Ritt genoss und wild krähte und strampelte. Einer der Bauern, der ein dunkelbraunes Pony mit schwarzer Mähne an der Leine führte, sah auf einmal herüber. Sein Gesicht verfinsterte sich.

«Scheint, als würde ihn irgendwas grantig machen», bemerkte Drohn und scharwenzelte schon wieder näher heran. Er war sichtlich beleidigt von der Tatsache, dass Antonia seinem Charme nicht umgehend erlegen war. Dass seine Frau peinlich berührt die Hände in der Schürze knetete und ansonsten ergeben so tat, als würde sie nichts merken, störte ihn offenbar nicht.

Der Bauer schielte erneut zu ihnen und zog die Brauen zusammen. Er zog den Bengel von vielleicht vierzehn, der ihn begleitete, zu sich heran und sagte etwas zu ihm.

«‹Schau her, Sohn, so eine Sauerei›», soufflierte Drohn, der es offenbar noch immer nicht aufgegeben hatte, Antonias Aufmerksamkeit zu erregen. «‹Der Bazi da hat gleich zwei schöne Frauen. Und jetzt hab ich mir vor lauter Wut darüber in die Hosen geschissen.›»

Antonia grinste und trat einen Schritt zur Seite. Es war weniger die Bemerkung, die sie so amüsierte, als die Frage, was Drohn noch alles tun würde. Aber nun bekam er Konkurrenz, denn der Bauer drückte auf einmal seinem Sohn den Strick in die Hand und kam herüber.

Breitbeinig pflanzte er sich vor ihnen auf, die Arme vor der Brust verschränkt. Er trug einen einfachen, sichtlich selten benutzten Gehrock mit Uhrenkette. Ganz offensichtlich hatte er seinen feinsten Sonntagsanzug aus Loden herausgeholt für die Fahrt in die große Stadt. Die fleischigen Lippen zwischen zwei voluminöse Hängebacken gezwängt und die dunklen Augen von wuchtigen, ergrauenden Brauen überschattet, raunzte er: «Habt's ihr überhaupt a Erlaubnis?»

«Erlaubnis?», fragte Mina erschrocken. Sie verkürzte das Seil und holte Bella dicht zu sich heran.

Zehn

Freilich. Könnt ja jeder kommen und Kinder gegen Geld reiten lassen!», schnauzte der Bauer. «Schau dir doch den lahmhatscherten Klepper an, a lebende Leich wie aus der Aussegnungshalle wegg'laufen, der hustet ja schlimmer als der leibhaftige Tod. Da muss man ja froh sein, wenn einem des Viech ned unterm Hintern zammbricht.» Er wandte sich an Antonia. «Habe die Ehre, gnädige Frau. Sie woll'n doch ned, dass Eana Buam was passiert. Wenn S' mögen – mein Pony da drüben hat eine ehrliche Lizenz.»

Antonia schubste die Krempe ihres hellen Huts mit dem Spitzenhandschuh etwas zur Seite und blickte hinüber, wo das Pony schicksalsergeben neben seinem jungen Herrn stand. «Wir werden sehen. Vielleicht später. Allerdings täuschen Sie sich. Das Mädchen ist keine Schaustellerin, und ich bin auch nicht ihre Kundin. Der Junge gehört zu dem Herrn da.»

Drohn schniefte enttäuscht, als sie jeden Anschein, sie könnten gemeinsam hier sein, sofort von sich wies. Der Bauer trat von einem Bein aufs andere. Antonia kannte diese Leute. Sie gaben sich selbstsicher, aber die Stadt war jetzt ihr Territorium. Hier war er nur ein Kerl vom Land, und sie war eine elegante Dame. Sie hatte diese Situation in ihrer Kindheit oft aus der Sicht des Bauernmädchens erlebt. Jetzt war es umgekehrt.

Der Bauer rückte seinen Rock zurecht und räusperte sich. «Nix für ungut», meinte er und räumte das Feld.

Antonia und Mina überließen Doktor Drohn und seinen bettlakenbleichen Giftmördercharme sich selbst und verabschiedeten sich artig. Kaum aber waren sie außer Sichtweite, sahen sie sich gleichzeitig an und brachen in Gelächter aus.

«Ich hätte mich nie getraut, dem Mann einfach keinen Namen zu sagen», platzte Mina endlich heraus. «Man muss höflich sein, sagt meine Mutter.»

«Ach, Unsinn!» Antonia versuchte vergeblich, mit ihrem Handschuh das Lachen zu ersticken. «Ungebeten eine Dame ansprechen, *das* ist unhöflich. ‹Zu meinen Patienten zählen berühmte Herrschaften› – du liebe Zeit, was für ein Großmaul!»

Mina prustete wieder drauflos. «Hätten Sie den gewatscht, wenn er nicht gegangen wäre?»

«Vermutlich ja.» Antonia gluckste verstohlen in ihren Handschuh. «Aber sag's nicht weiter.»

Sie mussten Platz machen für einen Bauern, der seine braun und weiß gefleckten Jungstiere an ihnen vorbei und in Richtung der Schießstätte trieb, wo auch die Landwirtschaftsschau ihre Ställe hatte. Diese Schmeicheleien und all die Förmlichkeiten sind so austauschbar, dachte Antonia, während sie sich langsam beruhigte. Eine Maske, die man in der Öffentlichkeit trägt. Sie musste daran denken, wie Melchior sich manchmal darüber lustig machte. Vielleicht, dachte sie mit einer plötzlichen Wärme, sind wir uns viel ähnlicher, als der gleiche Stand es je garantieren könnte.

Sie waren auf der Südseite um die Rennbahn herumgegangen und erreichten die Budenstraße zwischen der Monumentalstatue der Bavaria und der Paulskirche. Hier reihten sich die größeren Buden aneinander, und immer wieder sah man eines der neumodischen Fahrgeschäfte wie die Hexenschaukel, die Antonia von ihrem ersten Besuch kannte.

Minas Blicke hingen an den bemalten Fassaden, an den phantastischen Figuren: Hexen, Monster, Ungeheuer, Abnormitäten und sonderbare Gestalten. Ein älterer Herr mit wallendem weißem Haar rief vor einem Zelt seine Attraktion aus.

«Eine Schlafwandlerin, meine Damen und Herren! Seit Jahren nicht erwacht, und im Schlaf Befehle empfangend! Das Grauen ist da, meine Damen und Herren, nur herein, und fühlen Sie den kalten Schauer der Furcht, der Ihnen den Rücken herunterrinnt!»

Antonia verzog amüsiert die Lippen, als Mina stehen blieb. «Das ist bloß ein Schwindler.»

In diesem Moment öffnete der Schausteller den Vorhang vor seiner Bude. Darin stand ein offener Sarg, und in dem lag eine nur in ein Hemd gekleidete Frau.

«Pff!», meinte Antonia abfällig. «Eine hübsche junge Frau im Nachtgewand. Darum geht es, nicht ums Schlafwandeln oder ums Übersinnliche. Hier können die Männer sehen, was sie gern sehen, aber sonst nicht zu sehen bekommen.»

Mina betrachtete die schlafende Frau mit aufgerissenen Augen. Ihr langes schwarzes Haar war aufgelöst und bedeckte ihren Leib bis hinunter zur Hüfte. Die bleichen, dunkel geschminkten Lippen waren geschlossen, die dick schwarz umschatteten Augen starr geöffnet. Das ganze Gesicht war kalkweiß geschminkt.

«Meinen Sie?»

«Na ja. Stell dir vor, hier läge ein zahnloser alter Mann mit weißen Haaren. Würde den auch jemand schlafwandeln sehen wollen?»

Mina kicherte, ohne aber den Blick abzuwenden. So ganz geheuer war ihr die Schlafwandlerin noch immer nicht.

«Erhebe dich, Lucrezia!», rief der Schausteller, als er das Interesse bemerkte. Die junge Frau richtete sich langsam und steif auf, bis sie im Sarg saß. Die Augen waren noch immer starr geweitet.

Mit einem «Oh!» wichen die Zuschauer zurück.

Irgendwie kam diese Lucrezia Antonia bekannt vor. Hatte die nicht letztes Jahr ein paar Wochen in der Gastwirtschaft ausgeholfen, allerdings unter einem sehr viel weniger noblen Namen? Sie erinnerte sich, wie sie die schöne Zenz damals ständig vorm Spiegel erwischt hatte. Einen Versuch war es wert.

«Eana Lucrezia is ma vielleicht a Dotschn, ja mei, a so a blunzerte Bochratz», bemerkte sie trocken in breitem Dialekt. Und um sicherzugehen, setzte sie noch einen drauf: «Mit dera breiten Lätschen und mit dene Krautstampfer unterm Hemd, welche gsichtskrapferten Gloifen sollten sich so was o'schaun?»

Die Rechnung ging auf: Die vertrauten Heimatklänge hauchten der schönen Leiche unversehens Leben ein. Das konnte sie nicht auf sich sitzenlassen.

«Was sagst, du schiache Wedahex, du ogsoachte?», konterte die Schlafwandlerin erbost. Flugs kam sie auf die Beine und machte Anstalten, aus ihrem Sarg zu steigen. «Du gamsige Deckelkatz, ja sie schaug o, die ganz die ander'! A bochratzerte Blunzn mag sie mi hoaßen, die britscherte Stiagnhausmatz! Schau, dass d'weiterkimmst, sonst fallt fei der Watschenbaum um, dass's schnackelt!» Erst jetzt erkannte sie ihre ehemalige Herrin. «Ja mei, die Frau Bruckner!», wechselte sie unversehens den Tonfall von bitterbös in zuckersüß. «Ja, da schau her, habe die Ehre, gnädige Frau! Mei, des is ja schön, dass Sie uns besuchen!»

Antonia warf Mina einen Seitenblick zu und zwinkerte.

Sie waren noch nicht viel weiter gekommen, als Mina schon wieder langsamer wurde. Eine der Buden fiel besonders ins Auge. Die Sperrholzfassade war schreiend bunt bemalt mit Frauen in Flitterkleidern und gruseligen Figuren – abgetrennte Köpfe, blutbeschmierte Äxte. Darüber stand in großen Lettern *Schichtl's Varieté-Theater.* Mit großen Augen starrte Mina auf die Bude.

«Auf geht's beim Schichtl!», schrie der Mann in Gehrock und Zylinder, der auf der Holzveranda des Baus stand und das Publikum anlockte. «Traut's euch herein, Leute, sehr verehrte Damen, und Sie auch, meine nicht so verehrten Herren. Kommen S' rein, und sehen Sie die Enthauptung eines lebenden Menschen auf offener Bühne!»

«Die bringen da Leute um?», fragte Mina entsetzt.

Antonia lachte. «Nein, natürlich nicht. Das ist ein Zaubertrick. Sie tun so, als würden sie jemanden köpfen und ihm den abgeschlagenen Kopf danach wieder aufsetzen. Aber es ist natürlich nicht echt, es soll nur so aussehen. So wie wenn ein Zauberer eine Jungfrau zersägt.»

Mina riss die Augen auf. «So was machen Zauberer?!»

Antonia lachte. «Wie wäre es, gehen wir rein?» Sie suchten sich einen freien Platz am Geländer und banden Bella fest. Dann nahm Antonia Mina bei der Hand und stieg die Stufen zum Eingang hinauf.

«Schöne Dame, das nenne ich Mut, das ist ein echtes bayerisches Madl, das nicht aus der Ruhe zu bringen ist», trompetete der Ausrufer. «Kommen S' rein, und riskieren S' Eana hübschen Kopf!»

Lachend schob Antonia Mina an ihm vorbei zur Kasse, bezahlte den Eintritt und betrat das Theater.

Nach der hellen Sonne draußen war es dunkel, beinahe finster. Ein Weg in eine wieder andere Welt, dunkel, beängstigend. Grausam. Anders als das Beduinenlager, das unter freiem Himmel ein Gefühl einer fremden, naturhaften Lebensweise vermittelt hatte, ging es hier in die Abgründe der menschlichen Seele. Oder, dachte Antonia amüsiert, wie Odysseus in die Unterwelt. Ich werde noch bis morgen früh hier sein. Und wenn ich mich endlich aus dieser verwunschenen Wiesn befreit habe und zu Hause ankomme, werde ich Melchior als alten Mann vorfinden, mit einem Bart, so lang wie der des Prinzregenten! Sie musste lachen bei der Vorstellung. Das wäre ja 1950, da würde ihr kleiner Thomas über fünfzig Jahre alt sein! Vielleicht gab es bis dahin Luftschiffe statt Pferdekutschen, und Menschen flogen zu anderen Planeten!

Durch einen schmalen, dunklen Gang gelangten sie in einen kleinen Theaterraum. Mehrere Reihen hintereinander gaben den Blick auf eine kleine Bühne frei. Blasmusik spielte. Na schön, dachte Antonia. Solange die Musi noch spielt, sind die Abgründe nicht ganz so tief.

Mina und Antonia suchten sich einen Platz in der zweiten Reihe. Mit großen Augen und offenem Mund starrte Mina unverwandt auf die Bühne, die Hände fest ineinander verkrampft, die Lippen bleich. Die Kleine hatte ganz offensichtlich noch nicht entschieden, ob sie glauben sollte, was Antonia ihr erzählt hatte. Als sich der Zuschauerraum verdunkelte und ein Leuchtkreis auf der Bühne erschien, packte sie Antonias Hand.

Eine Frau erschien im Lichtkreis neben der Bühne, in einem strengen, hochgeschlossenen schwarzen Kleid, das graue Haar in der Mitte gescheitelt und zu einem Knoten gewunden.

«Das ist die Schichtlin», erklärte Antonia. «Sie führt durch das Programm.»

Die Frau begrüßte das Publikum und rief dann,

genau wie der Mann draußen, das Programm aus. Zuerst gab es eine Parade, dann einen Clown, einen Zwerg namens Anton Stumpf, und einen Tambourmajor, genannt Stopsel, der zum Gaudium des Publikums immer die falsche Stelle betonte. Die Kapelle sägte auf Celli aus Sperrholz.

Mina begann schon ungeduldig auf ihrem Stuhl herumzurücken, als die Schichtlin endlich rief: «So, aber jetzt ist es Zeit für eine Hinrichtung! Deswegen samma ja da. Also, dann schau mer mal. Schichtl! Henker, walte deines Amtes!»

Ein weiß geschminkter, ganz in Schwarz gekleideter Herr mit Zylinder betrat die Bühne. Er trug einen schwarzen Rock und Handschuhe, und durch die weiße Schminke und die schwarz umrandeten Augen hatte er selbst schon etwas Morbides – der verkörperte Tod. Lebendiger wirkte indes die ansehnliche Wampe, die er vor sich hertrug. Ein riesiges weißes Jabot und ein waghalsig getrimmter Schnurrbart verliehen ihm zusätzlich Würde.

Mina hielt den Atem an.

«So, wer wird denn der Unglückliche sein?», rief die Schichtlin. «Schau dich um, und wähl einen aus!»

Der Henker trat ganz nach vorn an den Rand der Bühne und blickte ins Publikum. Mina klammerte sich an Antonias Hand. So sahen böse Geister in Träumen aus. Tote, die nicht zur Ruhe kamen.

Antonia strich ihr übers Haar. Erst vorhin hatte sie den Gevatter Tod aus einer der Bierhallen kommen sehen. Sein Durst war jedenfalls höchst diesseitig.

«Hoffentlich sucht er nicht uns aus!», hauchte Mina tonlos. Mit schreckgeweiteten Augen starrte sie nach vorn. Antonia legte beruhigend ihre Hand auf Minas.

«Sie da!», rief der Henker und zeigte genau in ihre Richtung. Seine schwarz umrandeten Augen fixierten sie. Sie waren etwas trüb. Möglicherweise hatte er schon mehr als eine Maß intus. «Madl, komm her da, a schöne Leich wollen wir sehen!»

Mina fuhr zusammen. «Er meint mich!»

In der Reihe vor ihnen stand eine Frau auf. Mina atmete so laut auf, dass Antonia wieder lächeln musste. Die Dame ging nach vorn auf die Bühne, eine kräftige Frau mit blondem Haarkranz und reichlich bemessenem Vorbau. Sie war schon über das Alter hinaus, in dem man für gewöhnlich als «Madl» bezeichnet wurde, aber das störte niemanden.

Mina riss die Augen auf und schlug beide Hände vor den Mund.

Es ratterte, und eine Guillotine wurde in den Leuchtkreis gezogen. In der Französischen Revolution hatte man sie eingeführt, um schneller und effizienter morden zu können. Ein Gerüst aus zwei Balken, zwischen denen ein Beil in einer Schiene nach unten fahren konnte. Unten gab es zwei Holzbretter mit einem Ausschnitt für den Hals. Die Technik des Tötens.

Antonia lächelte verstohlen und hielt Minas Hand fest. «Du weißt, dass sie die Leute nicht wirklich umbringen», sagte sie. «Das ist nur eine Illusion.»

«Aber wie machen sie das nur?», hauchte Mina.

«Wirst schon sehen.»

«Was für ein schöner Hals», rief der Henker. «Und so a schönes Kropfketterl!» Er nestelte an dem schwarzen Samtband, das mit einem silbernen Anhänger verziert war. «Des müssten S' abnehmen, aber seien S' unbesorgt: ohne Kopf haben S' auch kein Problem mehr mit dem Kropf!»

Die Leute lachten. Die Frau nahm die Kropfkette ab und reichte sie der Schichtlin. Sie wirkte wenig beeindruckt von dem Mordinstrument auf der Bühne.

«Schon schad um des viele Holz vor der Hüttn», meinte der Henker mit einem Blick in ihr Dekolleté, und das Publikum lachte erneut. Besonders subtil waren die Späße auf Jahrmärkten nie, und das Oktoberfest machte da keine Ausnahme.

«Oje, was machen sie denn jetzt mit ihr!» Mina war käseweiß, und Antonia musste schon wieder beruhigend ihre Hand drücken.

Die Kapelle begann einen Trauermarsch zu spielen, eine langsame, getragene Melodie, die durch den gedämpften Klang der Blasinstrumente noch finsterer wirkte. Dem Opfer wurde eine schwarze Verhüllung über den Kopf gezogen. Darüber kam eine rote Augenbinde.

«So, bittschön, legen Sie sich unter die Guillotine, und machen Sie es sich bequem!», rief die Schichtlin und öffnete die Halterung für den Kopf. Die Dame wurde von zwei Gugelmännern auf das Podest gezerrt – unter spitzen schwarzen Kapuzen verhüllte Henkersknechte. Sie kniete nieder und beugte den Kopf hinein, allerdings war es doch so dunkel, dass man das nicht mehr so genau erkennen konnte. Man sah nur, dass ein verhülltes Objekt unter der Guillotine lag.

«Liegen Sie auch bequem?», fragte die Schichtlin. Ein hochgereckter strammer Arm verriet, dass das Opfer sich offenbar ganz wohl fühlte.

«Irgendwelche Wünsche? Wo sollen wir was wegnehmen?»

Antonia kicherte. Das hörte sich an wie beim Friseur. Die Dame gab etwas von sich, das nicht zu verstehen war, aber die Schichtlin hatte es offenbar gehört. Sie nickte, tätschelte irgendetwas hinter dem Schafott und trat dann mit erhobenen Armen zurück.

«Alsdann: Henker, walte deines Amtes!»

Der Hebel wurde umgelegt, das Fallbeil raste

herab, und das schwarzverhüllte Objekt mit der Augenbinde fiel in den Korb.

«Oje, oje!» Mina klammerte sich käseweiß an Antonias Arm. «Der Kopf ist ab!»

Antonia lachte und legte den Arm um sie. «Natürlich nicht. Wirst sehen, gleich ist sie wieder putzmunter. Das ist nicht ihr Kopf – wenn du mich fragst, ist es ein schlachtfrischer Kalbskopf, der heute Abend noch im Suppentopf bei der Schichtlin landet.»

Die Schichtlin hob das abgetrennte Objekt hoch und zeigte es herum. «Da schauen Sie mal, ja mei, was steckt denn da noch im Hals, ja pfui Deifi, is des a Spinat?»

Die meisten Leute lachten, ein paar waren sich allerdings genau wie Mina nicht ganz sicher, ob sie lachen oder entsetzt sein sollten.

«Spinat! Die is' g'straft g'nug. Was meinst, Henker? Sollen wir ihr den Kopf wieder aufsetzen?»

Der Henker grinste breitbeinig, ein freundlicher Gevatter Tod, wenngleich auch von einer bleichen, hohläugigen Freundlichkeit. «Ja mei. Schöner ist sie schon mit Kopf.»

Er nahm den Kopf und drückte ihn irgendwohin ins Dunkel hinter der Guillotine – und dann stand das Opfer auf, etwas zerzaust, aber quicklebendig, und vor allem: mit ihrem Kopf auf den Schultern.

«Uh!», seufzte Mina. «Ich habe echt gedacht, die hauen ihr den Kopf ab.»

Als sie lachend wieder nach draußen kamen, war Minas Gesicht gerötet, und sie war außer Atem. Antonia blieb im Ausgang stehen, um auf das Opfer zu warten, damit Mina sich aus der Nähe überzeugen konnte, dass alles in Ordnung war. Es dauerte ein wenig, und einige Leute drängten sich schubsend und ungeduldig an ihnen vorbei. Endlich kam sie.

«Glückwunsch, Sie haben Ihren Kopf wieder», begrüßte sie Antonia.

«Mei», grinste die Frau. «Des geht schnell, dass man den verliert, bei so einem strammen Mannsbild.»

Antonia lachte. «Solange er genauso schnell wieder drauf ist.»

Die Frau richtete ihr Haar und drückte dann den kessen Strohhut wieder darauf. Sie grinste und verschwand. Antonia zwinkerte Mina zu, und sie traten wieder hinaus.

Bella wartete geduldig und begrüßte sie mit einem sanften Schnauben. «Diesen Tag werd ich nie vergessen», sagte Mina, als sie das Pferd losband und weiter in Richtung Ausgang stapfte.

Antonia kam ein Gedanke. «Hast du eigentlich schon einmal eine Photographie von dir gemacht?», fragte sie.

Die Kleine schüttelte den Kopf. «Der Vater sagt, das neumodische Stadt-Zeugs bringt nur Unglück. Er sagt, ein Mädel soll so wenig wie möglich in den Spiegel schauen, und erst recht nicht Bilder von sich machen. Das gehört sich bloß für die Verlobung.»

Antonia überlegte.

In einer Seitengasse gab es eine Photographiebude, und kurz entschlossen zog sie Mina noch hinein. Für Rierls Kinematographentheater, wo man kurze Folgen bewegter Bilder sah, war es zu spät, aber eine Photographie würde Mina an diesen Tag erinnern.

Mina war anzusehen, dass ihr der Photograph unter der Decke nicht ganz geheuer war, als sie zu dritt vor der Bude posierten – Antonia, Bella und sie –, aber sie war entschlossen, es tapfer durchzustehen. Es dauerte ein wenig, aber dann hielt sie das fertige Bild in Händen. Antonia mit dem Lächeln, das schon Franz Stuck gemalt hatte, Mina ein wenig schüchtern und Bella neugierig, die Lilienohren gespitzt und den Kopf leicht geneigt, als wolle sie untersuchen, was für ein sonderbares Wesen den Photographen verschlungen hatte.

Andächtig hielt Mina die Photographie in den Händen. «So sehe ich aus?», flüsterte sie.

«Nimm es mit. Dann erinnerst du dich an mich. Aber lass es den Vater nicht sehen.» Antonia lächelte ihr zu, als die Kleine das Bild wie einen kostbaren Schatz einsteckte. Nun war es aber wirklich Zeit, dachte sie. Die Schatten wurden länger. Sie folgten der Straße mit den Schaubuden, die von der Rennbahn weg und zur Ruhmeshalle führte.

Im Sommer war die Theresienwiese ein weites Brachland, auf dem Schafe weideten oder Kinder mit ihren Hunden spielten. Dann hob sich der baumbestandene Hügel mit der gigantischen Bronzestatue der Bavaria wie eine unwirkliche Vision ferner Vergangenheit aus dem feinen, bläulich silbernen Bodennebel. Jetzt, mit den vielen Buden, wirkte sie beinahe noch unwirklicher, noch entrückter über all dem Trubel. In ihrem langen, an die Antike erinnernden Gewand, über dem sie ein Fell trug, den Eichenkranz hoch über den Kopf gereckt, den Löwen an ihrer Seite wie ein zahmes Hündchen, schien sie über all die Menschen hinwegschreiten zu wollen. Eine Göttin, dachte Antonia – was Odysseus die Göttin Athene war, das ist für uns die Bavaria. Vielleicht bringt sie auch mich jetzt endlich zu meinem Mann zurück.

Eine breite Treppe führte zu der Statue hinauf, und dahinter lag die u-förmige, von Säulen getragene Ruhmeshalle, die an einen griechischen Tempel erinnerte. Der Duft von heißem Zucker hing auch hier noch in der Luft. Kinder rannten die Stufen hinauf und hinunter, Liebespärchen saßen auf den Stufen, und Hunde kläfften.

Bella schnaubte. Vermutlich fragte sie sich längst, was die Menschen eigentlich in ihren so gerühmten Köpfen hatten, dass sie sie quer über das Fest führten, von dem sie sie eigentlich wegbringen wollten.

Antonia strich über das braune Fell mit der dünnen Blesse nach unten, wo es in den schwärzlichen Bereich rund um die Nüstern auslief und die langen Grannenhaare am Unterkiefer abstanden. Nun, da sie es beinahe geschafft hatten, dachte sie, dass die beiden ihr fehlen würden. Sie blickte die Stufen zur Bavaria hinauf. Dabei bemerkte sie den jungen Mann.

Etwa sechzehn Jahre alt – sechzehneinhalb, um genau zu sein. Hellbraunes Haar, dieselben großen Augen wie Melchior, doch alles etwas runder, gefälliger, weniger ironisch. Vinzenz Bruckner, ihr ehemaliger Nachhilfeschüler und inzwischen ihr Schwager.

Und er war nicht allein. An seinem Arm hing ein Mädchen im selben Alter, eine hübsche, mausgesichtige Blondine in einem Sommerkleid mit Rüschen und Schnürstiefeln. Auf dem Kopf trug sie einen leichten, mit künstlichen Blumen geschmückten Hut. Nebeneinander saßen sie auf den Stufen, und gerade jetzt erhoben sie sich.

Antonia ging zu ihnen hinüber. «Vinzenz Bruckner!», sagte sie streng.

Er fuhr zusammen. Dann erkannte er sie, und das Erschrecken wich unversehens einem frechen Grinsen.

«Ach, du bist es», ächzte er erleichtert. «Ich dachte schon, die Mutter hätte mich erwischt.»

«Ich weiß nicht, ob das sehr viel besser ist für dich. Hast du zu Hause nicht gesagt, du gehst zu Moritz, um für die Lateinprüfung zu lernen?»

Vinzenz tat unschuldig. «Hab ich das gesagt?» Antonia sah ihn streng an, und er verzog das Gesicht. «Du führst dich ja noch immer auf wie das Fräulein Lehrer. Was soll ich denn machen? Du weißt ja wohl am besten, was die Mutter für einen Höllentanz aufführt, wenn man ein Mädchen hat.»

Antonia musste sich Mühe geben, sich die Sympathie für den Rotzbengel nicht anmerken zu lassen. Und er hatte recht: Die alte Franziska Bruckner nahm die Heirat ihrer Kinder gern selbst in die Hand. Melchior hatte ihr damals einen Strich durch die Rechnung gemacht. Dass sie bei Vinzenz nachsichtiger wäre, war ein frommer Wunsch.

«Und wer ist das?», fragte sie mit einem Blick zu dem Mädchen, das die hübsche junge Frau in dem eleganten Kleid neugierig musterte.

«Die Mathilde halt», brummte er. Er grinste verlegen und besann sich auf seine Manieren. «Mathilde, das ist meine Schwägerin Antonia. Mathilde Herrmann. Die Tochter vom Schuldiener.»

Und damit nicht gerade das, was seine Mutter unter einer guten Partie verstand. Antonia grinste. Nachdem Melchior unter seinem Stand geheiratet hatte, setzte Franziska nun ihre Hoffnungen auf den Jüngeren, eine standesgemäße Braut heimzubringen. Sie wäre nicht begeistert, auch diese Hoffnung begraben zu müssen.

«Du sagst ihr nichts, oder?» Vinzenz schenkte ihr einen Augenaufschlag, der ihm ganz plötzlich eine unverschämte Ähnlichkeit mit Melchior verlieh. Antonia wäre spätestens jetzt dahingeschmolzen, selbst wenn sie nicht aus naheliegenden Gründen viel Verständnis für amouröse Verwicklungen zwischen den Klassen gehabt hätte.

«Kommt darauf an», meinte sie zurückhaltend. Vinzenz musste nicht unbedingt merken, dass sie so leicht zu überzeugen war.

«Ach komm, Antonia!» Er legte noch einen herzallerliebsten Blick drauf. «Du weißt doch, dass ich große Stücke auf dich halte. Ich hab immer gesagt, mein gemeiner Bruder hat dich gar nicht verdient.»

Antonia unterdrückte ein Lächeln und blickte zu Bella und Mina, die scheu hinter ihr warteten. «Vielleicht. Ich könnte Hilfe brauchen.»

Vinzenz atmete hörbar auf. «Freilich, sag, was du brauchst. Du weißt doch, dass du auf mich zählen kannst.» Und schielte sie noch einmal von der Seite an.

Halleluja, seit wann ist der Bengel denn so charmant?, dachte Antonia. Als ob er ausgleichen wollte, wie Melchior die Leute mit seinen Spötteleien auf Abstand hielt.

«Also gut. Wir müssen das Pferd vom Festgelände wegbringen. Es gehört Mina hier, aber Hopf sieht das anders.» In wenigen Worten schilderte sie ihm die Situation. Mathilde sah Bella mitleidig an und streichelte sie sogar vorsichtig. Mina lächelte ihr schüchtern zu.

«Sapperlot! Das hätte ich dir nicht zugetraut!» Vinzenz grinste frech. Antonia sah ihn an, und er beeilte sich zu versichern: «Freilich. Ich helfe dir.»

Mina seufzte erleichtert.

«Melchior wartet im Königszelt auf mich und ist sicher schon in Sorge. Kannst du ihm sagen, dass ich aufgehalten wurde, aber auf jeden Fall noch komme? Oder nein, warte – du könntest Bella rausbringen. Das wäre noch besser, du siehst am ehesten aus wie ein Stallbursche», meinte Antonia.

«He!» Vinzenz guckte beleidigt. «Ich hab mich extra feingemacht!»

Mathilde kicherte.

«Nun, du bist der einzige Junge», erklärte Antonia. «Dich würde niemand verdächtigen. Du bist ordentlich gekleidet, aber nicht so auffällig, dass man dich für einen Schnösel hält.»

«So wie meinen Bruder?», fragte Vinzenz.

Antonia wischte ihm mit der Hand über den Kopf, obwohl das gar nicht so leicht war. Inzwischen war er größer als sie.

«Mina und ich kommen nach. Draußen übernimmt sie Bella, und ein paar Minuten später, wenn uns die Wachleute am Ausgang vergessen haben, kommen wir beide wieder zurück.»

«Als Paar?», fragte Vinzenz frech. «Das find ich kompromittierend. Für mich, meine ich. Ich bin minderjährig, und du bist eine verheiratete Frau.»

Antonia setzte zu einer saftigen Erwiderung an, da grinste er. «Gib her.»

Mathilde holte sich einen Honigkuchen vom nächsten Stand, um damit auf den Stufen der Bavaria zu warten. Vinzenz übernahm Bellas Strick und ging langsam in Richtung Ausgang. Der breite Rücken des Brauereipferdes neben ihm wippte auf und ab. Die tieferstehende Sonne tauchte das braune Fell in ein warmes goldenes Licht, das es nicht mehr so stumpf erscheinen ließ. Antonia und Mina ließen ihn ein paar Schritte vorausgehen und folgten ihm dann.

«Er sieht echt aus, oder?», fragte Mina.

Antonia war sich da nicht sicher. Für einen Stallburschen war Vinzenz viel zu gut gekleidet, auch wenn er mit seiner Schiebermütze einen sportlichen Eindruck machte. Er wirkte wie das, was er war: ein wohlhabender junger Mann, der zum Pferderennen gekommen war – weil er den Sport schätzte oder einfach eine junge Dame beeindrucken wollte, indem er sie mitnahm und Geld beim Wetten verlor. Zum Glück hatte er das unbekümmerte Selbstbewusstsein eines Jungen aus gutem Haus, der noch nie in seinem Leben existenzielle Sorgen gehabt hatte und ganz genau wusste, was immer auch geschah, er würde mit einem blauen Auge davonkommen.

«Sie werden ihn nicht anhalten, oder?», flüsterte Mina.

Antonia drückte ihre Hand. Und in dem Moment brach der Tumult los.

Offenbar hatte einer der Taschendiebe wieder zugeschlagen. Ein abgewetzter Bursche raste, etwas unter den Arm gedrückt, in Richtung Torausgang. Zu spät bemerkte er das Pferd. Er raste quasi in Bella hinein.

Bella scheute, stieg sogar ein wenig, und wieherte laut. Und alle Augen richteten sich jetzt auf sie.

Elf

«Finger weg von meinem Pferd!», schrie Mina und rammte ihm unversehens den Ellenbogen in die Seite.

«Mina, nicht!», rief Antonia. Aber schon hatte Vinzenz zugegriffen und begann sich herzhaft zu prügeln. Er legte einige Begeisterung in seine Schläge, aber der Taschendieb war auch nicht gerade ein Kind von Traurigkeit. Er gab gewissenhaft zurück, was er eingesteckt hatte, und in kürzester Zeit rollten die beiden über den Boden, und es bildete sich eine Traube von Schaulustigen, die mal den einen, mal den anderen anfeuerten.

«Auseinander, aber sofort!»

Zwei Gendarmen trieben die Neugierigen auseinander, doch die beiden Streithähne hörten sie nicht einmal. Ein Fuß traf sogar den einen Gendarmen am Schienbein.

Empört betrachtete der seinen tadellos gewichsten Stiefel und donnerte erneut: «Auseinander!»

Sein Kollege war weniger zimperlich. Er schaute die beiden im Staub rollenden jungen Männer an, dann griff er im richtigen Moment zu. Er bekam in jeder Hand einen Kragen zu fassen und zog die Streithähne auseinander.

Vinzenz grinste schief.

«Was ist hier los?», donnerte der Erste.

«Der da ist ein Dieb», erklärte Vinzenz. «Er wollte fliehen, und dabei rannte er genau in mich hinein. Ich habe mich nur gewehrt. Vinzenz Bruckner. Meiner Familie gehört das Brucknerbräu.»

«Brucknerbräu, ja?», grinste der Gendarm. Er sah an Vinzenz' verdreckten Kleidern herab. Von der ehemals eleganten Weste waren mehrere der teuren Knöpfe abgerissen worden, und das Hemd hing schmutzig heraus. Auf dem Knie war seine sportliche Hose eingerissen, und die Mütze lag im Dreck. «Sie schaun gar nicht so großbürgerlich aus, königliche Hoheit.»

Hoffentlich kam er nicht auf die Idee, sie zu verraten, dachte Antonia. Doch das war ein frommer Wunsch. Vinzenz wollte seine Haut retten.

«Das da ist meine Schwägerin», rief er und zeigte auf sie.

Antonia schossen ein paar sehr unfreundliche Gedanken durch den Kopf. Jetzt würden die Gendarmen auch nach Mina fragen, und dann nach Bella. «Melchior Bruckner ist mein Mann», bestätigte sie. Und setzte hinzu: «Ich bin hier nur die Anstandsdame.»

Jetzt war es an Vinzenz, ihr einen mörderischen Blick zuzuwerfen.

«Anstandsdame? Für welches Rendezvous?»

Mathilde war herübergekommen, schon als die beiden Jungen sich geprügelt hatten. Schüchtern stellte sie sich ebenfalls vor.

«Und du da?», fragte der Gendarm und zeigte auf Mina.

Mina wurde leichenblass.

Die Jockeys hatten ihre schnaubenden, schweißnassen Pferde an die Stallburschen übergeben. Der Sieger lief mit krummen Reiterbeinen zum Podium, um dort auf die Ehrung durch den Prinzregenten zu warten. Überall schwirrten aufgeregte Stimmen durcheinander. Damen mit breitkrempigen Hüten und in eleganter Toilette strömten zur Treppe vor dem Königszelt, die Pferde wurden von hilfreichen Händen abgesattelt, trockengerieben und mit ihren prunkvollen Decken vor Zugluft geschützt. Blaue, rote, weiße und schwarze Decken mit Stickerei in Silber und Kupfer, in Gold und vielen anderen Farben bewegten sich langsam von der Rennbahn weg und auf die kleinere runde Wiese, wo die Tiere langsam auskühlen konnten, ehe sie in die Ställe zurückgebracht wurden. Der Prinzregent stieg langsam die Treppen hinab, und die Sonne funkelte auf den goldenen Borten seiner Uniform und der Spitze seines Helms.

Vier Uhr, dachte Melchior beunruhigt. Er zog sogar die Taschenuhr noch einmal heraus, um sich zu vergewissern, doch es war richtig. Die Siegerehrung fand pünktlich statt. Und wie es aussah, würde er Carl von Linde allein empfangen müssen.

Das machte ihm weit weniger Kopfzerbrechen als die Frage, warum Antonia ihn versetzt hatte. War ihr etwas zugestoßen? Gern wäre er sie suchen gegangen, aber das hatte auf dem weiten Gelände der Theresienwiese keinen Sinn. Außerdem konnte er hier nicht weg. Doch längst machte er sich ernsthaft Sorgen.

Von Carl von Linde war noch nichts zu sehen, aber er erkannte einen schwarzhaarigen Herrn mit Schnurrbart. Franz Stuck mit seiner Gattin – der Maler, bei dem er Antonia zum ersten Mal begegnet war. Vielleicht hatte er sie gesehen.

«Antonia? Wir hatten erwartet, sie hier mit Ihnen anzutreffen», erwiderte Stuck überrascht, als Melchior ihn ansprach. Wie immer war er äußerst elegant gekleidet. Die Leute nannten ihn inzwischen schon den «Malerfürsten», weil er so gut von seiner Kunst leben konnte wie kaum ein anderer. Er hatte wenige Jahre vor Melchior und Antonia geheiratet – nicht seine Geliebte und Mutter seines Kindes, die ein einfaches Mädchen vom Land war, sondern die Witwe eines angesehenen Arztes. «Ich hoffe doch, sie hat mir inzwischen verziehen, dass ich das Bild damals ohne ihr Wissen ausgestellt habe. Jedes Mal, wenn ich sie treffe, hält sie es mir vor.»

Melchior hob die Brauen. Antonia hatte ein paar unschöne Ausdrücke über ihn gesagt, die er lieber nicht wiedergeben wollte. «Nun, immerhin hat sie nicht das mit Ihnen gemacht, was dem Schöpfer des Bildnisses von Dorian Gray widerfuhr», erwiderte er ironisch.

Stuck lachte und bewies damit, dass er wusste, auf welch grausame Art Dorian Gray den Maler Basil in dem Buch tötete. «Na, dann grüßen Sie mir Ihre Gattin, und sagen Sie ihr, sie ist jederzeit bei uns zu einer Tasse Tee willkommen – so wie Sie selbst natürlich auch, trotz Ihres Mundwerks.»

«Wir verpassen noch die Preisverleihung», sagte Frau Stuck und zupfte am Arm ihres Mannes. «Sie entschuldigen uns, Herr Bruckner.»

Melchior sah ihnen nach und blickte dann hinunter auf die Rennbahn. Der siegreiche Reiter trat auf das Podium. Der Prinzregent legte ihm den Kranz um den Hals und schüttelte ihm die Hand. Für nicht wenige Reiter war so ein Moment der Höhepunkt ihres Lebens.

Melchior fühlte sich abgeschnitten von all den

elegant gekleideten fröhlichen Menschen, als ob sie auf einmal eine andere Sprache sprächen. Von Antonia keine Spur. Und auch von Linde war noch nichts zu sehen.

Der Prinzregent ehrte den zweitbesten Reiter, dann den dritten.

Nichts.

Melchior atmete tief durch, als er den weißbärtigen Mann im dunklen Anzug entdeckte, der jetzt das Königszelt betrat und nach jemand Ausschau hielt. Er trat auf ihn zu.

«Herr von Linde. Wie immer ein Vergnügen.»

Zwölf

Ich bin die Mina», sagte das Mädchen zögernd, als der eine Schutzmann sie auffordernd ansah. Hilfesuchend blickte sie zu Antonia. Der zweite hatte den Taschendieb am Kragen gepackt und schubste ihn in Richtung der Wache.

«Und das Pferd, wem gehört das? Die Brauerei Hopf hat gemeldet, dass bei ihnen ein Pferd gestohlen wurde. Eines, dessen Beschreibung auf das da passt.»

Mina fuhr zusammen. Antonia versuchte sich nichts anmerken zu lassen und nahm den Schutzmann schleunigst beiseite. «Der Brauerei Hopf ist ein Pferd gestohlen worden, sagen Sie? Das ist ja ungeheuerlich! Ich muss sofort meinen Mann informieren, damit unsere Knechte gut auf unsere Pferde aufpassen. Es treibt sich ja so viel Gesindel hier herum. Vorhin wurde ich ebenfalls Zeugin eines Diebstahls, ganz entsetzlich. Erzählen Sie doch, wie ist das passiert?»

Verstohlen winkte sie Mina und Vinzenz hinter ihrem Rücken zu verschwinden. Hoffentlich kam der Bengel auf die Idee, seinen Bruder zu benachrichtigen! «Womöglich ist da eine ganze Bande unterwegs, die alles stiehlt, sogar Pferde», fuhr Antonia fort, dem Schutzmann zu soufflieren, was er für seine eigene Idee halten sollte: Kleine Mädchen stahlen keine Pferde. Hier waren professionelle Diebe unterwegs.

Der Schutzmann wollte etwas erwidern, als ein Automobil heranrollte. Mit einem lauten «Ah!» wichen die Menschen zurück, und alle starrten auf das Wunderwerk der Technik.

Es sah gar nicht viel anders aus als eine Kutsche, nur dass es nicht von Pferden gezogen wurde. Vier hohe Räder, ein offenes Verdeck und darin zwei elegante Herren in Gehrock und Zylinder. Wie von Geisterhand bewegt rollte das Fahrzeug auf der Straße heran und auf die Festwiese. Was für eine verrückte Zeit, in der wir leben!, dachte Antonia. Wenn meine Mutter das sähe, würde sie sich bekreuzigen und an Zauberei glauben. Und mein Mann würde überlegen, was man an der Konstruktion verbessern könnte und wann wir uns endlich auch so eines anschaffen. Lust hätte ich schon, so ein Automobil einmal zu steuern. Es sah gar nicht so schwer aus, vermutlich war es leichter zu lenken als eine Kutsche, sobald es einmal in Fahrt war. Das Gefährt rollte heran und stieß eine Wolke schwarzen Qualm aus.

«Halt!», rief der Schutzmann empört, kaum hatte er den Mund wieder zugeklappt. Er rückte seinen Helm zurecht und pflanzte sich mit breiter Brust vor dem Automobil auf. «Sie können hier nicht reinfahren! Was erlauben Sie sich denn! Das wird Sie ein sauberes Bußgeld kosten!»

Das Automobil wurde langsamer. Es stieß noch eine dichte Wolke aus, machte einen Hopser und hielt dann an. Der Schutzmann musste sogar noch einen kleinen Schritt zurück machen. «Aussteigen!», schnarrte er mit der Autorität eines Inquisitionsschergen. Er wandte sich an Mina. «Verschwinde!»

Antonia raffte den Rock und lief zu Mina. «Los, weg hier!» Unter dem breitkrempigen Hut warf sie einen schnellen Blick zurück, aber der Schutzmann war mit den Insassen des Automobils beschäftigt. Sie legte den Arm um Mina, packte mit der anderen Hand das Seil und zog Bella zum Ausgang. Vinzenz guckte ihnen nach, blieb aber zurück. Vermutlich würde er sich mit seiner Freundin aus dem Staub machen. Hoffentlich in Richtung Melchior.

Antonia und Mina erreichten das Tor und gingen hindurch.

Niemand hielt sie auf.

Die Theresienwiese ging hier über in eine weite Weidelandschaft. Lichte Buchen und ein paar Eichen spendeten hin und wieder etwas Schatten.

Antonia brachte Mina bis hinter die Bäume, wo sie nicht mehr zu sehen waren.

Die Kleine blickte zu ihr auf. «Wir sind raus.»

Antonia lächelte. «Ja, sind wir. Findest du den Weg nach Starnberg? Von dort aus kommst du nach Wolfratshausen.»

Mina bejahte. Sie blickte sich um, und ihre kleine, pummelige Kinderhand klammerte sich um den Strick. Aber ihr rundes Gesicht war entschlossen. Sie würde nach Hause finden.

Antonia legte die Hände auf Minas Schultern. «Gut. Und denk daran: Wenn dein Vater fragt, wo du Bella herhast, sagst du ihm, Hopf hätte sie an das Brucknerbräu verkauft. Du hast sie bei uns gesehen, und weil sie krank ist und nicht mehr arbeiten kann, habe ich sie dir geschenkt.»

«Und wenn er das nicht glaubt, soll er Sie fragen.» Mina nickte, und ihre Augen waren ernst. Auf einmal umarmte sie Antonia.

Antonia drückte das Mädchen an sich und streichelte ihr Haar. Es war ein sonderbar warmes Gefühl, das sie dabei überkam. Würde es sich so anfühlen, eines Tages ihre eigene Tochter zu umarmen? Würden ihre Kinder später genauso viel Freude hier haben und sie jedes Jahr wieder den Zauber spüren lassen, den sie schon beinahe verloren geglaubt hatte? Vielleicht, dachte sie, während sie über Minas Schulter hinweg auf das Weideland blickte, habe ich dir mehr zu danken als umgekehrt. «Jetzt aber aufs Pferd mit dir», meinte sie schnell.

Bella hatte neben ihnen gewartet und sogar ein wenig zu grasen begonnen. Hier draußen wirkte sie auf einmal gesünder. Lebhafter. Der Kohlenstaub lag nicht auf ihrer Lunge, das Rattern der vielen Wagen, der schwere Malzgeruch, der die Bronchien dumpf machte, die tausend Schlote der Stadt lagen hinter ihr. Ihre Ohren zuckten und stellten sich auf, neugierig lauschend, auf die Gesänge der Amseln, das Zwitschern der Schwalben, die sich schon sammelten, um nach Süden zu fliegen, das eintönige Quaken der Gänse über ihnen. Vorsichtig bewegten sich ihre Nüstern – ungläubig, atemlos, die vertrauten Düfte wieder zu spüren: Düfte von Gras, von Schafen und Wasser – frischem Wasser in Bächen und Mühlkanälen, und brackigem in Pfützen und Teichen. Düfte, die um diese Jahreszeit aus den Bauerngärten wehten: nach knallgelben Sonnenblumen und malvefarbenen Stockrosen, nach Heilpflanzen wie Ringelblume und Kapuzinerkresse, deren leuchtend orangefarbene Blüten sich an verwitternden Gartenzäunen hochrankten. Düfte von Herbstäpfeln, die von der Reife träumten. Der schwere Kopf hob sich, und die dunklen Augen des Tieres schienen wacher. Sanft rieb sie ihren Kopf an Mina.

Antonia half der Kleinen auf den bloßen Rücken des Pferdes, legte Bella den Strick ins Maul und richtete ein behelfsmäßiges Zaumzeug daraus her. «So haben wir das früher immer gemacht», meinte sie. Jedes Dorfkind wusste, wie es ging.

Ab mit dir, dachte sie, als Mina der Stute die Schenkel in die Flanken drückte und losritt.

Dann warf sie einen Blick zurück, wo die Buden und Zelte mit der Bavaria und dem Riesenrad aus dem Grün der Weidelandschaft zu wachsen schienen wie ein Land aus einer anderen Welt. Im kaum spürbaren aufkommenden Dunst wirkte die Szenerie seltsam unwirklich. Als könnte sich der ganze Festzauber auf einmal in die Luft erheben und sich in schimmerndes Licht in tausend Farben auflösen und verschwinden.

Dreizehn

Fünf Uhr!, dachte Antonia, als sie endlich wieder das Königszelt erreichte. So lange habe ich Melchior noch nie warten lassen! Odysseus kommt nach Hause. Auch wenn sein Königspalast heute eine Bierhalle ist.

Sie musste noch einmal innehalten und warten, um die königliche Familie vorbeizulassen, die gerade jetzt in die Wagen stieg, um zur Residenz zurückzufahren. Als sie davonratterten, wollte Antonia hastig über den Platz laufen, aber dann blieb sie einen Moment stehen und blickte zurück. Sie musste lächeln.

Jetzt sah sie es wieder.

Der frühe Abend übergoss das Fest mit einem goldenen Schimmer. Das Licht war noch immer strahlend hell, aber wärmer, intensiver. Leuchtender. Die Farben schienen eine Spur tiefer, die Gerüche einen Hauch aromatischer, die Geräusche unmittelbarer. Als hätte jemand einen Vorhang weggezogen. In einiger Entfernung kreiste das Riesenrad langsam über der Wiese und hob die schwankenden Gondeln in den träumerisch schimmernden Himmel. Das Meer aus tausend bunten Schaubuden und Zelten breitete sich wie ein bunter Flickenteppich unter die blaue Unendlichkeit, und ein feiner Dunstschleier glänzte silbrig. Die unzähligen Stimmen aus tausend Mündern, die sich zu einem einzigen vereinten. Die unendlich vielfältigen Düfte, verlockende und scheußliche, groteske und faszinierende. Unendlich wie das Meer von Buden, die Inseln gleich in einem grenzenlosen Ozean aneinandergereihte Ketten bildeten, Spitzen eines Gebirges, die aus der See ragten. Auf einmal kam sie sich tatsächlich vor, als hätte sie eine Reise hinter sich. Eine Reise zu verwunschenen Orten und mächtigen Zauberern, zu Monstern und Göttern. Manche öffneten Blicke in ferne Länder oder die Vergangenheit, andere in die Zukunft. Wie würde es hier in zwanzig Jahren aussehen? In hundert?

Das war das Gefühl, das sie hier immer so geliebt hatte. War es das Mädchen gewesen, das auf einmal alles verzaubert hatte und sie mit den Augen von damals auf das Fest sehen ließ? Es waren nicht die Dinge, die leuchteten, sondern das, was man in ihnen sah.

So wie in der Nacht, nachdem sie zum ersten Mal mit Melchior hier gewesen war. Sie hatten ihre Anstandsdame, Sir William Shelton, nur mit Mühe aus der Droschke und in sein Bett bekommen. Als er endlich selig schlummerte und sie die Tür hinter sich schlossen, hatten Melchior und sie sich einen Herzschlag lang wortlos angesehen. In diesem Moment war ihr klar gewesen, dass sie diese Nacht nicht in ihrem Bett verbringen wollte. Langsam hatte sie ihm das Hemd abgestreift, wollte diesen Moment, in dem sie zum ersten Mal seine Haut unter den Händen spürte, ausdehnen zu einer Unendlichkeit. Die ganze Zeit hatte sie befürchtet, jemanden zu wecken, aber trotzdem war es die schönste Nacht ihres Lebens gewesen. Als Melchiors Lippen endlich dicht über ihren bebten, hatte sie im Spiegel seines Lächelns gesehen, wie sehr sie dieser Moment verändert hatte. Irgendwann hatte sie sich zurück in ihr eigenes Bett geschlichen. Aber sie war so aufgewühlt gewesen, dass sie die kurze Zeit bis zum Morgen nur atemlos an die Decke gestarrt hatte. Wo war diese Erinnerung heute Morgen gewesen?

Antonia betrat das Königszelt.

Die ersten Besucher waren schon gegangen – die Abfahrt der königlichen Familie bedeutete für sie das Ende des Tages. Andere saßen noch da, tranken Kaffee oder Bier. Sie blickte sich zwischen den Tischen mit den einfachen Stühlen um. Im hinteren Bereich saßen zwei Männer, ein weißbärtiger und ein junger, auffallend gutgekleideter, der mit dem Rücken zu ihr saß.

Melchior.

Als ahne er ihre Gegenwart, drehte er sich genau in dem Augenblick um, als sie hereinkam. Ein erleichtertes Lächeln zuckte um seine Lippen. Antonia ging zu ihnen hinüber. Er erhob sich und blickte sie auf diese unnachahmliche Art an, die ihn gleichzeitig zynisch und verletzlich wirken ließ.

«Professor von Linde, ich darf Ihnen meine Frau vorstellen.» Wenn er verärgert war, würde er das nie in Gegenwart von anderen zeigen.

Sie reichte Linde die Hand, der sie höflich küsste, und lehnte sich dann, alle Konventionen ignorierend, an ihren Mann. Ihre Spitzenhandschuhe hoben sich hell von seinem dunklen Rock ab, und sie fühlte seinen Atem darunter. Es tat gut, seine Wirklichkeit zu spüren. «Entschuldige die Verspätung», sagte sie. «Ich hatte gehofft, dass Vinzenz dir Bescheid gibt.»

«Vinzenz? Ich habe ihn nicht gesehen.»

«Was für eine Überraschung.» Antonia schüttelte amüsiert den Kopf. Sie hatte schon geahnt, dass das ein frommer Wunsch bleiben und der Junge mit seiner Wiesnbraut auf und davon gehen würde. «Es gab einen Zwischenfall.»

«Wir hatten Sie in der Tat früher erwartet», meinte Linde. Anders als Melchiors war sein Tonfall etwas verschnupft. «Ihr Mann sagte, Sie hätten die Kalkulation bereits erstellt.»

«Das ist eine längere Geschichte, fast schon die einer Odyssee», erwiderte Antonia. «Sie würde Ihre Geduld über Gebühr in Anspruch nehmen, und dabei habe ich Sie schon genug aufgehalten. Aber ich habe eine gute Entschuldigung: Denn den Grund kann man durchaus die Erwartung eines …», sie lächelte Melchior an, «… *freudigen Ereignisses* nennen.»

Die alte Dame von heute Morgen wäre bei derart offenen Worten vermutlich in Ohnmacht gefallen. Aber das interessierte Antonia nicht mehr. Wenn man ewig auf den richtigen Moment wartete, lief man Gefahr, dass er nie kam.

Sie konnte sich zugutehalten, dass es Melchior Bruckner einige Sekunden lang die Sprache verschlug. Es war Linde, der als Erster wieder etwas herausbrachte.

«Meinen herzlichen Glückwunsch», rief er. «In diesem besonderen Fall sei Ihnen die Verspätung verziehen.»

Melchior starrte sie wortlos an. Dann zog er sie an sich und küsste ihr einfach nur stumm die Hand.

Als Antonia am Abend den kleinen Thomas in sein Bettchen neben ihrem eigenen gelegt hatte und sich die langen Strümpfe von den Beinen streifte, kam Melchior zu ihr hinter den Paravent. Das Haar hatte sie schon gelöst. Lang und noch immer lockig fiel es über ihren Rücken, und sie trug nur das lockere Reformkorsett und den Unterrock. Auch er hatte Plastron und Rock abgelegt und Hemd und Weste bequem am Hals aufgeknöpft.

«Das war in der Tat eine gelungene Überraschung», meinte er und lehnte sich seitlich an die Wand.

Antonia warf die Strümpfe über den Paravent, kam herüber und legte die Arme auf seine Schultern. «Versprich mir, dass du mich dieses Mal nicht in Watte packst. Ich bin schwanger, nicht krank.»

Er zog sie an sich. «Ungern. Aber du hast ja recht.»

Nachdenklich ließ sie die Hände auf seine Brust gleiten und begann, ihm die Weste ganz aufzuknöpfen. «Aus der Reise nach England im Frühjahr wird dann wohl nichts werden. Aber was, wenn wir schon im Herbst fahren?»

«Bist du sicher, dass …» Er unterbrach sich, und ein schnelles Lächeln zuckte über sein Gesicht. «Ja, warum eigentlich nicht?»

Sie streifte ihm die Weste von den Schultern und legte sie über den Paravent. «Hast du dich je gefragt, ob unsere Herkunft eines Tages zwischen uns stehen könnte?»

Melchior runzelte die Brauen. «Wäre es nicht so absurd, würde ich sagen, du hörst dich gerade an wie meine Mutter.»

Antonia musste lachen. «Im Ernst, Melchior!»

«Natürlich habe ich mich das gefragt. Ich wäre blind gewesen, das nicht zu tun.»

«Oh.» Sie blickte auf. Seine undurchsichtigen, eisblauen Augen verrieten nichts. «Und?»

Sein Mundwinkel zuckte. «Das weißt du doch. Wärst du damals nicht aufgetaucht, hätte ich mich längst mit einer langen Unterhose erhängt – falls mich der Mief der Traditionen nicht schon auf dem Weg zum Wäscheschrank erstickt hätte. Standesgemäßes Benehmen ist Folklore, Seejungfräulein, weiter nichts.» Er hob ihr Kinn zu sich und küsste sie. «Ich weiß, du hattest dir den Tag heute anders vorgestellt. Aber was hältst du davon, wenn wir uns morgen freinehmen und alles nachholen?»

«Einfach so?»

«Ich hatte versprochen, es wieder gut zu machen, oder nicht? Wir tun nur das, worauf wir Lust haben und pfeifen auf alle Regeln.»

Antonia umarmte ihn. «Natürlich will ich! Und der Abend ist ja auch noch nicht vorbei.»

Melchior nahm ihre Hand und zog sie zum Bett. Mit einem Schwung ließ er sich rücklings darauf fallen, sodass sie lachend auf ihm landete. «Dann erzähl mir von deiner Oktoberfest-Odyssee! Und ich will hoffen, sie enthält mehr als eine Episode, die sich für eine angesehene Brauereibesitzerin absolut nicht gehört.»

Nachwort

Um 1900 sah das Oktoberfest noch etwas anders aus als heute. So gab es in den Trinkhallen keine Bierbänke, stattdessen normale Bestuhlung. Keine Achterbahn im modernen Sinne, nur Karussells – die damals als Inbegriff moderner Vergnügungsindustrie galten und von Erwachsenen genutzt wurden. Kinos und Fotobuden statt Skyfall und Wilder Maus. Und doch erschien es den Menschen damals, verglichen mit dem Oktoberfest Jahrzehnte zuvor, schon wie eine völlig andere, glitzernde, moderne technische Welt.

Alle Fahrgeschäfte und Buden, die hier dargestellt werden, gab es 1901 bereits. Orientierung boten mir die Lizenzvergaben. «Schaubuden» konnten indes alles Mögliche sein, vom Kino bis zur «Abnormitätenschau». Überhaupt waren ungewöhnliche (etwa fremde, besonders kleine, große oder fettleibige) Menschen damals als «Ausstellungsobjekte» beliebt – das Beduinenlager von Carl Gabriel war tatsächlich 1901 auf der Wiesn zu bestaunen. Sicherlich geprägt von kolonialem Überlegenheitsdenken, waren diese Schauen für viele Menschen damals gleichzeitig die einzige Möglichkeit, andere Kulturen kennenzulernen. Carl Gabriel betrieb auch ein Wachsfigurenkabinett und die berühmte «Hexenschaukel», die heute noch auf der Oidn Wiesn zu sehen ist, dem historischen Ableger des Oktoberfests. Der *Menagerie Circus* des Dompteurs Charles wurde von Carl Krone betrieben, der ihn 1905 in *Circus Krone* umbenannte – noch heute eine Münchner Institution. Das Stufenkarussell von Hugo Haase (der nicht identisch ist mit seinem gleichnamigen Zeitgenossen, der sich als Jurist und Sozialist einen Namen machte) entstand Ende des 19. Jahrhunderts und wurde schließlich nach Coney Island verkauft. Um die Jahrhundertwende war es eine der Hauptattraktionen. Das Zeremoniell der Wiesn-Eröffnung durch die königliche Familie und das Pferderennen bildeten um 1900 den Kern des Oktoberfestes; außerdem waren eine Landwirtschaftsschau und ein Wettschießen feste Institutionen. Bei der Darstellung der Örtlichkeiten habe ich mich an historischen Plänen und Fotos orientiert.

München ist in dieser Zeit eine aufstrebende Stadt. Die Lebensreform kommt auf: bequeme, lockere Kleidung statt strenger Korsette, Gesundheit statt Krankheit – noch stehen beide Schönheitsideale nebeneinander. Doch noch immer lähmt die wilhelminische Prüderie Körper und Seele. Die Gehorsamsdisziplin lässt keinen Raum für Kreativität und Naturliebe. Urbanisierung und Industrialisierung führten aber auch dazu, dass Tiere nicht mehr nur zu Arbeit und Nutzen gehalten wurden. Schon im 19. Jahrhundert war eine Tierschutzbewegung entstanden. Es war der Beginn eines weiten Weges, der vielleicht eines Tages dazu führen wird, auch Tiere als lebende, fühlende Wesen anzuerkennen und ihnen ein würdiges, artgerechtes Leben zu ermöglichen.

Anspielungen auf große Werke der Literatur gibt es auch in dieser Geschichte: auf Thomas Manns *Zauberberg* und *Lotte in Weimar*, auf die Odyssee und Georg Heyms *Gott der Stadt*. Die von Melchior erwähnte Fotografie von Nietzsche (mit Paul Rée und Lou Salomé) existiert tatsächlich. Und Kenner der Stummfilmzeit haben natürlich erkannt, dass die Schlafwandlerin auf den Film *Das Cabinet des Dr. Caligari* (1920) verweist, der im zweiten Band der Brauhaus-Saga eine Rolle spielt.

Diese kleine Geschichte ist einfach gehalten, aber sie hat dennoch alle Merkmale einer Novelle. Wer möchte, kann sich auf die Suche danach begeben oder sich über den symbolischen Gehalt Gedanken machen. Wer nicht, lässt es einfach. Eine der vielen guten Eigenschaften von Novellen ist, dass sie unterhaltsam sind.

Damit die (in vereinfachter Schreibweise gehaltenen) Dialektstellen verständlich sind, hier noch ein kleines Glossar:

Bazi: Lump

Bochratz: Bachratte, Bisamratte

Blunzn: Blutwurst, dicke Frau (eigentlich die Schweinsblase, aus der die Haut der Blutwurst gemacht wurde), «blunzerte Bochratz» heißt also etwa «aufgedunsene Bachratte» oder «Bachratten-Blutwurst»

Britschn: Schlampe, britschert: unfeines Adjektiv, etwa: «nuttig»

damische Ruam: dämliche Rübe, Dummkopf

Deckelkatz: Prostituierte

Dotschn: Wurzelrübe, Langweiler(in)

Eana: Ihr / e

gamsig: lüstern

gsichtskrapfert: hässlich

Gloife, Plural: *Gloifen:* Rüpel, Trottel

gwamperte Grattlerin: dicke Kleinhändlerin, fettleibige Asoziale

Krautstampfer: unhöfliche Bezeichnung für dicke Beine

Lätschen: unfeiner Ausdruck für «Gesicht», etwa: Fresse

Matz: (ungepflegte) Frau

ogsoacht: in hochdeutsche Vulgärsprache übersetzt etwa «angepisst»

rinnaugerts Odelfass: leckendes Jauchefass
Ruach: Geizkragen
schiache Wedahex: hässliche Wetterhexe
Stiagnhaus: Treppenhaus

Julia Freidank

Das Brauhaus an der Isar: Spiel des Schicksals

448 Seiten

Bayern, 1897. Antonia verlässt den verarmten Hof ihrer Familie und findet in München Arbeit in einer Brauerei. Dort steht sie von Anfang an in erbitterter Konkurrenz zu den anderen Angestellten. Doch Antonia gibt nicht auf und kämpft. Um ihren Platz im Unternehmen und um das Herz von Melchior Bruckner, dem Erben der Brauerei. Melchior und seine Mutter kämpfen ebenfalls: Sie wollen endlich auf dem Oktoberfest ausschenken dürfen. Doch die Bruckners haben Feinde: konkurrierende Bierbrauer, die bereits eine vernichtende Intrige in Gang gesetzt haben.

Die Brauhaussaga geht weiter: In Band zwei wird die lebenslustige Clara nach dem Ersten Weltkrieg von ihren Eltern nach München gerufen. Sie soll dabei helfen, das Brauhaus zu alter Größe zurückzuführen.

Weitere Informationen finden Sie unter **rowohlt.de**